KB263064

2013 오늘의 좋은 시

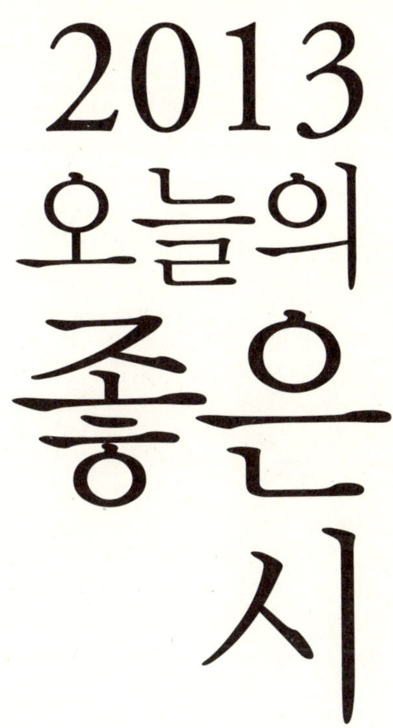

김석환 · 이은봉 · 맹문재 · 이혜원 엮음

푸른사상
PRUNSASANG

2013 오늘의 좋은 시

2012년에 발표된 시작품들 중에서 '좋은 시'를 121편 선정해 한 권의 책으로 묶는다. 이번 선집에서 특징으로 내세울 수 있는 점은 지난해 보지 못한 시인이 70명이나 새롭게 들어왔다는 사실이다. 지난해에도 58명이나 새롭게 선정되었는데, 올해는 그 폭이 더욱 크다. 어떻게 해서 이러한 결과가 나오게 되었는지는 좀 더 살펴봐야겠지만, 새로운 시인들과 함께할 수 있어 기쁘게 생각한다.

우리는 '좋은 시'의 중요한 기준으로 독자와의 소통이 가능한 작품을 삼고 있다. 독자와의 소통이라는 기준도 어떤 객관적인 것이 아니어서 논란이 있을 수밖에 없지만, 선자들의 입장에서 작품이 지나치게 주관성을 띠어 소통이 어려운 작품들은 선정하지 않았다. 따라서 이 선집은 소위 난해하다는 작품들을 수용하지 못한 한계를 갖는다. 그렇지만 이와 같은 선집이 여러 군데서 간행되고 있으므로 난해한 작품들은 다른 선집에서 수용되리라고 본다.

우리 시단에서 활동하는 시인들이 무수히 많다. 어떤 시인들이나 독자들은 이 사실을 자조적으로 평가하는데, 꼭 부정적으로 볼 것은 아니다. 많은 시인들이 좋은 시를 쓰기 위해 활발하게 활동한다면 우리 시단의 활성화에 기여하는 것은 물론 작품의 수준도 향상될 것이다. 그리하여 이번 선집에서 그 많은 시인들의 시를 모두 세밀하게 읽었다고 장담하기 어려우므로 아쉽고도 죄송한 마음이 든다. 함께하지 못한 시인들은 다음의 기회를 약속드린다.

　‘좋은 시’를 선정하는 작업은 부담감을 가질 정도로 중요하다. 해당 시인에게는 성과를 인정하는 일이기 때문이고, 독자들에게는 우리 시단의 지형도를 제시해주기 때문이다. 이번 선집이 그와 같은 역할을 제대로 할 수 있기를 조심스럽게 기대해본다.

　예년과 마찬가지로 이번 선집에서 선자들은 책임감을 약속하는 차원에서 선정한 작품마다 해설을 달았다. 그리고 필자들의 이름도 밝혔다. 필자들의 표기는 김석환=a, 이은봉=b, 맹문재=c, 이혜원=d 등으로 해놓았다.

　‘좋은 시’를 선정하는 일은 부담되기도 하지만 늘 설레고 기대된다. 이제 이 선집이 시인들과 독자들이 함께 어울리는 즐거운 자리가 되길 희망한다. 시인들이 많은 만큼 독자들도 많으리라. ‘좋은 시’를 쓴 더 많은 시인들을 내년에 또 만날 수 있기를 벌써부터 기다린다.

2013년 2월 3일
엮은이들

| 차례 |

강경호 나무의 신발 9
강성은 커튼콜 12
강연호 냉장고 15
강희근 봄은 물에서 먼저 온다 18
고영민 민물 21
고형렬 손에서 번쩍거려 23
공광규 남장을 허물다 25
곽재구 바닷가 마을 28
권성훈 폭염주의보 30
길상호 번개가 울던 거울 32
김경미 청춘이 시킨 일이다 34
김경엽 천의 바다 37
김경후 속수무책 39
김규화 스산한 날 41
김기택 김밥천국 43
김덕우 통영 3 45
김명철 골이 파이다 47
김백겸 해골 목걸이 49
김병호 저녁의 계보 51
김사이 갈증 53
김상미 살아 있는 집 55
김석환 덩굴장미 방화사건 57
김선태 물북 60
김수우 단단한 구름 63
김신용 나뭇잎 아래, 물고기뼈 65
김 언 경청하는 개 67
김예태 상대성원리 69
김완하 쥐똥나무 71
김용재 피에타 73
김찬옥 아기의 입속에 우주가 숨어 있다 75
김충규 안개 속의 장례 77

김태형 별똥별 79
도종환 늦은 십일월 81
맹문재 그에게 전화를 걸어주고 싶었다 84
문 숙 중년 86
박경남 가시 88
박권숙 묵비권 90
박기섭 겨울 아침 92
박무웅 바다에서 일어서는 삼각파도 94
박상수 친자 확인 검사 97
박성우 유월 소낙비 100
박정원 소금꽃나무 102
박종국 쓸쓸한 오늘 104
박주택 장례집행자 106
박현수 우리들의 등 108
박형권 자전거 타고 밤 보러 간다 110
박형준 겨울 갈대밭 113
배한봉 빈곳 115
서안나 새의 팔만대장경 117
손택수 장대높이뛰기 선수의 고독 119
손한옥 바람 121
송경동 마지막 잎새 123
송계헌 천국의 문(門) 126
송영숙 벙어리매미 128
송재학 메아리 130
송해영 Him 132
신달자 새벽에 나는 웃는다 135
신용목 사과 137
심상운 헤드라이트 140
심재휘 샤파 연필깎기 142
심창만 저, 어린 것 144
안상학 앙숙 146

   오늘의 좋은 시

양문규 참 유식한 중생 148

오정국 새 150

유병록 검은 꽃 153

유안진 어른의 할아버지 156

유종인 새들의 시간표 158

유홍준 달걀 속의 밤 161

윤석산(尹錫山) 전철 안 홍해 164

이경우 돌부처 166

이기인 오는 저녁 168

이명수 몸살 170

이선영 딸 172

이선형 회양목 구멍가게 175

이 솔 냉동된 자유 177

이승희 그림자 혹은 나라는 사물 180

이시영 그해 겨울 183

이영혜 타임캡슐 185

이운룡 어안(魚眼)을 읽다 187

이 원 해변의 복서 1 189

이은규 겨울의 호흡 192

이은봉 상엿집 195

이장욱 driver 197

이재무 추석 200

이재훈 돌의 환(幻) 202

이종섶 바람의 구문론 205

이종수 오늘 207

이홍섭 일반4호실 210

이희섭 부레옥잠 212

임승빈 물가에서 214

장만호 헌화가 216

전건호 풍선놀이 218

전기철 무명(無明) 221

전다형 끈 타령 224

정세훈 부평 4공단 여공 226

정우영 물억새 자지러지는 밤 228

정원도 월문리(月門里) 230

정진경 장마 232

정진규 할미꽃들 235

정철훈 이별의 기술 237

조오현 나는 말을 잃어버렸다 240

조용미 나뭇잎의 맛 242

조 은 한 시간 지나도록 244

주영중 메마른 아침 운전 246

천수호 세 개의 형광등에 뜬 아홉 개의

　　　　 질문 248

최기순 그늘론 250

최동호 터진 목 사람들 253

최정례 인터뷰 255

최종천 먹이사슬 258

표성배 섣달, 진해 261

하 린 다크써클 264

하재연 회전문 266

한소운 망초 268

한영옥 툭툭 270

허만하 골목 272

허순행 사랑은 274

홍순영 양배추 277

홍일표 위독한 연애 279

황구하 왈왈 281

황학주 그렇게 협소한 세상이 커튼 안에

　　　　 있었다 283

황형철 감나무 전구 285

나무의 신발

강경호

나무의 신발은
생을 견인하는 바퀴이다
생을 떠 먹여주는 밥이다
그러므로 죽은 자들은 신을 수 없는 것이
신발이다

나무는 주스를 마시듯
신발을 빨아 마신다
먼 길을 가는 사람들처럼
털신 같은 두꺼운 신발을 신고
터벅터벅 산을 오른다

공사장 부근에서 발바닥 드러낸 채
나무 한 그루 드러누워 있다
어깻죽지 부러지고
신발은 벗겨져 있는데
검은 연기 내뿜는 거대한 포클레인이
으르렁대며 연신 땅을 팔 때마다
맨발의 나무들이 뒤집힌다

한창 마음이 뜨겁던 시절,
목매단 졸병의 차디찬 발에
입김 호호 불며 군화를 신겨준 적이 있다

저승길 발 부르트지 말라고
알맞은 치수의 군화였다

길을 가다가
뜻하지 않게 생을 다친 나무를 만날 때마다
치수 낭낭한 신발이 떠오른다.

(현대시학, 4월호)

나무도 신발을 신나? 나무의 신발이라니! 나무의 신발은 무엇일까? 이 시에 의하면 "나무의 신발은/생을 견인하는 바퀴이"고, "생을 떠먹여주는 밥이다". 따라서 나무의 신발은 어머니 대지인 흙이라고 하지 않을 수 없다. "주스를 마시듯/신발을 빨아 마"시는 것이 나무라는 구절이 이를 잘 말해준다. 시인은 산에서 자라는 나무를 "털신 같은 두꺼운 신발을 신고/터벅터벅 산을 오른다"고 표현한다. 상대적으로 풍부한 자양분을 얻고 있기 때문이다. 그런가 하면 "공사장 부근"의 나무는 "어깻죽지 부러지고" "신발은 벗겨져" "발바닥 드러낸 채" "누워 있다". "거대한 포클레인이/으르렁대며 연신 땅을 팔 때마다/맨발의 나무들"은 뒤집힐 수밖에 없다. 물론 이렇게 뿌리가 뽑히는 것은 나무들만이 아니다. 사람도 신발을 잃고 "발바닥 드러낸 채" 아무데나 버려지는 경우가 많다. 시인은 군 시절에 "목매단 졸병의 차디찬 발에"서 그것을 확인한다. 그의 발에 "입김 호호 불며 군화를 신겨준 적이 있"는 것이 시인이다. 사람만이 아니라 나무도 "길을 가다가/뜻하지 않게 생을 다친" 것을 보면 측은지심을 불러일으키기 마련이다. (b)

커튼콜

강성은

한밤중 맨홀에 빠진 피에로
집에 가던 중이었는데
오늘 공연은 만석이었는데
어째서 지금 이 구덩이 속에 있는가

그는 구덩이 속에 있는 자
분장을 지운 피에로
분장을 지워도 피에로
공중의 달에게 익살맞게 인사합니다
달님이여 그대는 지금 내 유일한 관객
밤새 내 곁을 떠나지 못할 거요

그는 구덩이 속에 있는 자
비좁은 구덩이 속에서 하염없이 공중만 보고 있다
삼십 년 동안 갈고 닦은 만담은 도무지 기억나지 않고
구덩이 속에서 지난 세월을 헤집어보지만
떠오르는 건 무대 뒤에서 혼자 분장을 지우던 날들뿐

여긴 말라버린 우물인가 고래 뱃속인가
사망의 음침한 골짜기인가
달은 뿌연 커튼 속으로 서서히 모습을 감추고
빗방울은 조금씩 그의 머리 위로 떨어지는데
거기 누구 없소, 여기 사람이 있어요!

누군가의 키득거리는 웃음소리
그리고 삼십 년 동안 들었던 모든 웃음소리들이
한꺼번에 그의 귀를 찢을 듯 터져 나왔다
그는 귀를 막고 중얼거렸다
제기랄 이제 그만들 좀 하라고

죽을힘을 다해 구덩이를 기어오른다
미끄러졌다 오르기를 반복하는
그는 지금 분장을 지운 피에로
분장을 지워도 피에로
구덩이 속에 있는 자

(현대문학, 10월)

　　'**연극이** 끝나고 난 뒤'는 적막감이 더하기 마련이다. 무대 위의
화려한 조명과 뜨거운 갈채에 비례해서 밀려드는 어둠과 고요는 더욱
깊어진다. 이 시에서는 공연 뒤 귀가하던 중 맨홀에 빠진 피에로의 아이
러니한 상황을 펼쳐 보인다. 만석인 공연장에서 관객들을 쥐락펴락하던
피에로가 한밤중 맨홀에 빠져 꼼짝도 하지 못하고 있다. 지나가는 사람
도 없고 달님이 유일한 관객으로 지켜보는 가운데, 피에로는 몸부림친
다. "거기 누구 없소, 여기 사람이 있어요!"라는 절규마저 연극이 되어버
리는 그는 평생을 무대에 바친 피에로이다. "분장을 지워도 피에로"인
그는 누구인가? 커튼콜에 응하듯 그는 이 막장 같은 인생의 맨홀을 유연
하게 빠져나올 수 있을 것인가? 문득 이 시의 피에로가 처한 난경이 우
리네 인생사와 다를 바 없어 보인다. 삼십 년 정도 갈고 닦아 이제는 연
기인지 삶인지 구분도 되지 않은 일상이지만, 한 자락만 들춰보면 맨홀
처럼 캄캄한 낭떠러지 아닌가? 무대에서는 커튼콜을 받고 당당히 걸어
나가던 발걸음으로 삶의 맨홀에 빠져서는 꼼짝도 못하는 피에로가 우스
우면서도 슬퍼진다. (d)

냉장고

강연호

냉장고에는 방이 많다
냉동실과 냉장실 사이
위 칸과 아래 칸 사이
김치특선실과 신선야채실과 과일참맛실 사이
각얼음실과 해동실과 멀티수납실 사이
어디쯤의 층간 소음으로 막연하게
서로 눈 흘기는 아파트 같다
방이 많은 집은 춥다
밥 먹을 때만 각자 문을 열고 나와
수저는 입으로
눈은 TV로
묵묵 식사가 끝나면 다시 각자의 방으로
서둘러 들어간다
문은 언제나 쾅 닫히는데
다들 냉골에 떤다
냉장고는 방이 많아도 가난하다
가난이란 마음만 아궁이 앞이라는 말이다
냉장고는 잠도 없다
온종일 끙끙 앓거나 웅웅 수런거린다
송곳니를 세운 얼음조각들이 달그락거린다
냉장고는 아무나 열지 못한다
코끼리가 가끔 드나들었다는 전설이

공룡 발자국처럼 남아 있을 뿐이다

아주 늙은 냉장고만 들판에 큰대자로 드러누워
비로소 활짝 문을 열어젖히고
방이란 방은 죄다 트고
세상 모르고 잔다

(창작과비평, 겨울호)

이 시에서 묘사하는 것처럼 오늘날의 삶은 냉장고와 참 닮았다. 칸칸이 나누어 높다랗게 쌓아올린 구조나 차갑게 분리되어 소통이 단절된 관계들. "냉장고는 방이 많아도 가난하다". "마음만 아궁이 앞"이고 몸은 냉골에 있기 때문이다. 쾌적함과 효율이 지나쳐 각자 자기 방에만 웅크리고 들어앉아 있다. 실상을 들여다보면 냉골에서 덜덜 떨며 잠도 제대로 못 잔다. "온종일 끙끙 앓거나 웅웅 수런거"리는 냉장고 소리가 그 증거이다. 후반부부터 꽤나 진지하던 시에 위트가 끼어들기 시작한다. 냉장고는 혼자서 끙끙 앓으면서도 아무나 열지 못하게 꼭꼭 자신을 잠그고 있는데 "코끼리가 가끔 드나들었다는 전설"이 남아 있다고 한다. 한때 난센스 퀴즈계의 권좌에 올랐던 '냉장고에 코끼리 넣기' 시리즈를 활용한 유머이다. 이 시에서는 냉장고가 그만큼 꽉 닫혀 있어 코끼리 정도의 완력이 아니면 열기 힘들다는 과장과 강조의 의미로 쓰이고 있다. 그리고 연을 바꾸어 냉장고의 최후를 그려 보인다. 냉장고로서의 수명을 다한 "아주 늙은 냉장고"가 들판에 큰대자로 드러누워 있다. 닫혔던 문을 활짝 열고 칸칸이 나뉘었던 방들도 죄다 튼 채 가장 편한 자세로 곤히 잠들어 있다. 단순한 유머를 넘어서 페이소스가 깃든 시이다. 페이소스는 자신을 포함한 만상을 연민의 눈길로 바라볼 때 생겨나는 쓸쓸하면서도 따스한 정서이다. (d)

봄은 물에서 먼저 온다

강희근

봄은 물에서 먼저 온다
겨우내 웅크리고 고체 덩어리로 얼어붙던 몸
얼다가 엎드리다가 쩡쩡 추위의 노예로
붙들려 살던 몸
누가 와서 광복으로 풀어 주었나?

진주 근교,
작은 강이나 저수지 지나가면
물이 제 가진 본능의 진저리를 치며 푸른
암내를 내고 있다

꽃눈이나 나무들 움이 트기 전에
긴 둑 죽은 풀들 사이 죽었다가 살아나는
쑥풀처럼
물은 봄이 오기를 기다리는 사람들 기지개보다 먼저
순빛깔 기지개 켜고 온다

노예는 노예였던 시절 말하지 않고
몸이 부풀어 오르는 것에
열중한다
지배와 핍박의 계절은 길고도 거칠었으나
노예는 백성처럼
작은 강, 작은 물길 이름으로

참빗 빗어내리며 출타를 준비한다

근교의 물은 거울처럼 조용하다
그러나, 신춘의 모꼬지보다 먼저 스물거리고
소소한 달력의 육필 메모보다 자그럽다.

(시와시, 여름호)

봄은 고체인가, 액체인가, 기체인가? 겨울이 고체라면 봄은 액체라고도 할 만하다. 물론 여름은 기체라고도 할 만하고. 시인이 "봄은 물에서 먼저 온다"라고 노래하는 것도 그것을 이러한 맥락에서 이해하기 때문이다. 겨울에는 물이 얼음 덩어리로, 고체 덩어리로 존재하지 않는가. 겨우내 "고체 덩어리로 얼어붙던" 사람의 몸도 봄이 되면 풀리기 마련이다. 시인은 이를 "누가 와서 광복으로 풀어 주었나"라고 질문한다. 그가 보기에는 "제 가진 본능의 진저리를 치며 푸른/암내를 내"는 것이 봄의 물이다. 그런 이유에서 시인은 "봄이 오기를 기다리는 사람들 기지개보다 먼저" 오는 것이 물이라고 노래한다. 겨울에는 "쩡쩡 추위의 노예로/붙들려 살던" 것이 물이다. 하지만 이때의 "노예는 노예였던 시절 말하지 않고/몸이 부풀어 오르는 것에/열중"할 뿐이다. "작은 강, 작은 물길 이름으로/참빗 빗어내리며 출타를 준비"하는 것이 봄의 물인 것이다. 시인은 이 시에서 무엇보다 봄의 물이 지니고 있는 자발성을 예찬하고 있다. (b)

민물

고영민

민물이라는 말은 어디에서 왔을까
약간 미지근한
물살이 세지 않은
입이 둥근 물고기가 모여 사는
어탕집 평상 위에
할머니 넷이 나앉아 소리 나게 웃는다
어디서 오는 걸까, 저 민물의 웃음은
꼬박 육칠십 년,
합치면 이백 년을 족히 넘게
이 강여울에 살았을 법한
강 건너 호두나무 숲이 바람에 일렁인다
긴 지느러미의
물풀처럼
어탕이 끓는 동안
깜박 잠이 든 세 살 딸애가
자면서 웃는다
오후의 볕이 기우는 사이,
어디를 갔다 오느냐
이제 막 민물의 마음이 생기기 시작한
아가미의 아이야

(시인동네, 겨울호)

이 시에서 시인은 '민물'이라는 사물과 관련해 연상되는 이미지를 추적하고 있다. 이 민물과 관련해 맨 먼저 떠오르는 이미지는 "약간 미지근한/물살이 세지 않은/입이 둥근 물고기가 모여 사는" 강여울이다. 이 강여울 근처에는 어탕집이 있기 마련이다. 그와 관련해 시인이 맨 먼저 떠올리는 이미지는 "어탕집 평상 위에/할머니 넷이 나앉아 소리 나게 웃는" 모습이다. 이들의 웃음을 시인은 "민물의 웃음"이라고 표현한다. "육칠십 년"을 넘게 살았을 그들의 나이를 합치면 이백 년이 훨씬 넘을 것으로 추측된다. "이 강여울에"서 사는 것은 할머니 넷만이 아니다. "강 건너 호두나무 숲"도 "바람에 일렁"이며 함께 산다. 그런가 하면 "어탕이 끓는 동안/깜박 잠이 든 세 살 딸애"도 이 강여울에서 살고 있는 것이 사실이다. 시인은 딸애를 "오후의 볕이 기우는 사이,/어디를 갔다 오느냐/이제 막 민물의 마음이 생기기 시작한/아가미의 아이야"라고 호명하며 시를 맺는다. 강여울에서 대를 이어 살아가는 사람들이 자연과 어울려 호흡하는 모습을 정갈한 필치로 그리고 있는 것이 이 시이다. (b)

손에서 번쩍거려

고형렬

우리집엔 현실이 광속으로 건너다닌다
그릇에서 책으로 책에서 벽에 걸린 사진 속으로.
미래는 빨리 돌아와, 순간순간이 벌써 벌써죠
정지한 것 같지. 한순간 모든 게 끝나는 게
만물의 위장, 나도 그 사이에서 발가벗고 어슬렁거린다,
한쪽 어깨를 내놓은 인도 보리수 아래의 늙은 구도자처럼.
밥그릇과 책과 사진을 들고,
이렇게 좀 뭔가를 걸식하고 빌려 쓰다 사라지죠, 광속으로
아들이 사진 찍을 수 없는 광속으로.
그런데 뭘 기다리지 않는다는 건 대단한 것 같다
저녁이며 물바닥이며 거울이며 마음이며 땅이며,
아침이며, 그 외의 광속 따위도 많았지.

(미네르바, 가을호)

시간이 광속(光速)과 같다는 사실을 자각하는 일은 쉽지 않다. 젊은 날엔 자신이 사용할 수 있는 시간이 무한정하다고 생각하기 때문이다. 그렇지만 삶의 나이테를 쌓아가다보면 어느 순간, 자신이 쓸 수 있는 시간이 그리 많지 않다는 사실을 깨닫는다. 작품의 화자처럼 그렇게라도 깨달았으니 다행이라고 볼 수 있지만, 진즉에 그랬다면 자신의 시간을 더욱 지켰을 것이다. 사람들이 시간이 빠르다는 사실을 깨닫지 못하는 더 큰 이유는 욕심이 많기 때문이다. 사람들은 땅이며 집이며 물이며 책이며 권세며 명예 등을 소유할 수 있다고 생각한다. 그리하여 그 목표를 향해 질주한다. 그렇지만 그럴수록 자신이 사용할 수 있는 시간은 줄어든다. 그렇게 질주하다 보면 몸과 마음이 아픈 것은 당연하다. 시간이 빛이 나아가는 빠르기와 같다는 사실에 비춰보면 모든 것은 헛된 망상이다. "미래는 빨리 돌아와, 순간순간이 벌써 벌써"이다. 그러므로 한순간마다 겸손하게 최선을 다할 일이다. 그렇게 사는 사람만이 영원히 사는 것이다. ⓒ

담장을 허물다

공광규

고향에 돌아와 오래된 담장을 허물었다
기울어진 담장을 무너뜨리고 삐걱거리는 대문을 떼어냈다
담장 없는 집이 되었다
눈이 시원해졌다

우선 텃밭 육백 평이 정원으로 들어오고
텃밭 아래 사는 백 살 된 느티나무가 아래둥치 째 들어왔다
느티나무가 느티나무 그늘 수십 평과 까치집 세 채를 가지고 들어왔다
나뭇가지에 매달린 벌레와 새소리가 들어오고
잎사귀들이 사귀는 소리가 어머니 무릎 위 마른 귀지소리를 내며 들
어왔다

하루 낮에는 노루가
이틀 저녁은 연이어 멧돼지가 마당을 가로질러갔다
겨울에는 토끼가 먹이를 구하러 내려와 방콩같은 똥을 싸고 갈 것이다
풍년초꽃이 하얗게 덮은 언덕의 과수원과 연못도 들어왔는데
연못에 담긴 연꽃과 구름과 해와 별들이 내 소유라는 생각에 뿌듯하
였다

미루나무 수십 그루가 줄지어 서 있는 금강으로 흘러가는 냇물과
냇물이 좌우로 거느린 논 수십만 마지기와
들판을 가로지르는 외산면 무량사로 가는 국도와
국도를 기어 다니는 하루 수백 대의 자동차가 들어왔다

사방 푸른빛이 흘러내리는 월산과 성태산까지 나의 소유가 되었다

마루에 올라서면 보령 땅에서 솟아오른 오서산 봉우리가 가물가물 보
이는데
나중에 보령의 영주와 막걸리를 마시며 소유권을 다투어볼 참이다
오서산을 내놓기 싫으면 딸이라도 내놓으라고 협박할 생각이다
그것도 안 들어주면 하늘에 울타리를 쳐서
보령 쪽으로 흘러가는 구름과 해와 달과 별과 은하수를 멈추게 할 것
이다

공시가격 구백만원짜리 기울어가는 시골 흙집 담장을 허물고 나서
나는 큰 고을 영주가 되었다

(창작과비평, 가을호)

시인의 고향은 충남 청양의 시골 어디이다. 이 시의 내용으로 미루어 보면 아직도 그곳에는 시인의 옛집이 남아있는 듯하다. "고향에 돌아와" "기울어진 담장을 무너뜨리고 삐걱거리는 대문을 떼어냈다"고 하는 표현이 그것을 말해준다. 하여튼 그렇게 하여 "담장 없는 집이 되었"으니 "눈이 시원해"지는 것은 당연하다. 물론 이 표현은 사실에 기반하고 있으리라. 하지만 이는 그의 정신적 행위를 상징적으로 표현한 것이기도 하다. 이들 표현에는 마음에 담장이나 대문이 없는 삶을 택했다는 뜻도 들어있다는 것이다. 그렇게 하면 무엇보다 먼저 호연지기가 생긴다. 이런 이유에서 그가 "텃밭 육백 평이 정원으로 들어오고/텃밭 아래 사는 백 살 된 느티나무가 아래둥치 째 들어왔다"고 노래하는 것이리라. 이하의 표현도 마찬가지인데, 정작 주목이 되는 것은 이들 표현이 만드는 웅혼한 기상이다. 특히 "풍년초꽃이 하얗게 덮은 언덕의 과수원과 연못도 들어왔는데/연못에 담긴 연꽃과 구름과 해와 별들이 내 소유라는 생각에 뿌듯하였다"와 같은 구절은 시인의 호연지기를 느끼게 하고도 남는다. 급기야 그는 "마루에 올라서면 보령 땅에서 솟아오른 오서산 봉우리가 가물가물 보이는데/나중에 보령의 영주와 막걸리 마시며 소유권을 다투어볼 참이다/오서산을 내놓기 싫으면 딸이라도 내놓으라고 협박할 생각이다"와 같은 과장된 표현을 보여주기도 한다. 이처럼 웅혼하고 장엄한 기상을 드러내고 있는 것이 이 시라고 할 수 있는데, 그래도 그것이 한반도 이남 서쪽의 지리에만 갇혀 있는 것은 한계라고 하지 않을 수 없다. (b)

바닷가 마을

곽재구

바닷가 마을로 들어가는 샛길

낮달이 도라지 꽃밭을 바라보고 있네

몸뻬바지 입고 경운기 모는 젊은 아낙의 고향은 베트남 어디

머릿수건 풀어 이마의 땀 훔치며 아따 꽃 참 이쁘오! 라고 남녘말로
말하네

고향에도 이 꽃이 피오? 물으니 붉은 얼굴 환하게 웃으며 고개를 젓네

하늘엔 하얀 달

땅엔 보라 꽃

보라색과 하얀색의 원고지 사이로 난 작은 길을

키 작은 안남 여자가 경운기를 몰고 가네

(시인세계, 여름호)

　한 폭의 아름다운 정경이 떠오르는 시이다. 우선은 "바닷가 마을로 들어가는 샛길"이 그려지고, "도라지 꽃밭을 바라보고 있"는 낮달이 그려진다. 이 모습이 만드는 서정은 "몸뻬바지 입고 경운기 모는 젊은 아낙"에 의해 한층 깊어진다. 젊은 아낙의 고향은 "베트남 어디"이다. "머릿수건 풀어 이마의 땀 훔치며 아따 꽃 참 이쁘오! 라고 남녘말로 말하"는 이 "젊은 아낙"으로부터 따스한 사랑을 느끼지 않는 사람은 없다. "고향에도 이 꽃이 피오?"라고 묻는 사람은 물론 시인이다. 시인의 물음에 베트남 출신의 "키 작은 안남 여자"는 "붉은 얼굴 환하게 웃으며 고개를 젓"는다. 따라서 이 시는 인물형상의 시라고도 할 수 있다. "경운기를 몰고 가"는 이 젊은 아낙을 통해 시인이 말하려는 것은 무엇인가. 말할 것도 없이 그것은 사랑이다. 무엇보다 풍성한 사랑을 체험할 수 있게 하는 것이 이 시라고 할 수 있다. (b)

폭염주의보

권성훈

빛이 탈모를 시작했어
하늘 하늘 가늘어진 모발을 털며
원형에서 타원형으로 이마를 넓히는 하늘
마른버짐 같은 구름도 없지
지느러미를 파닥이며 뭍으로 걸어 나온 물고기들
안간힘을 쓰는 부릅뜬 눈망울이 축축해
습진으로 갈라진 당신의 비린 흔적을 봐
몽당연필같이 줄어든 강물이 쓰다가만
가문 일기를 속속들이 드러내고
오늘은 또 얼마나 줄었을까
허공을 저울에 매달아본다
조금씩 헐렁해져가는 기억의 무게에서
나사 풀린 물소리가 난다
나는 왜 수분 빠진 저 풍경을 떠날 수 없을까
충치 먹은 옥수수처럼 이빨을 보이며
창백한 생각이 편집증처럼 걸려 있어

(시와문화, 가을호)

폭염의 이미지를 그린 부분들이 눈길을 끈다. "빛이 탈모를 시작했"다거나, "원형에서 타원형으로 이마를 넓히는 하늘"이라는 묘사가 그러하다. "마른버짐 같은 구름도 없"다거나 "몽당연필같이 줄어든 강물" 같은 비유 또한 그러하다. 따라서 감각적이고 시각적 이미지를 통해 폭염의 상황을 여실하게 그린 면이 "나는 왜 수분 빠진 저 풍경을 떠날 수 없을까" 같은 상황과 긴밀하게 연결되면, 폭염의 의미가 좀 더 심화되었을 것이다. 실존의식까지 담아내는 시각적 이미지가 필요하다. 현대인들 대부분은 "폭염주의보" 같은 사회 환경 속에서 살아간다. 그것은 자본주의 체제 자체가 자기 이익을 추구하는 시스템으로 구축되어 있기 때문에 회피할 수 없다. 작품의 화자는 그들의 처지를 세밀한 이미지로 그려내고 있다. (c)

번개가 울던 거울

길상호

우리 집 거울 속에는 번개가 살았지요, 멍멍 짖지도 못하는 개, 하지만 얕봤다가는 큰일이 났지요, 얼굴에 자기도 모르는 새 금이 갔지요, 장맛비 쏟아지던 어느 날 아버지가 그 개를 데려왔지요, 목줄을 질질 끌고 와서는 거울 속에 억지로 집어넣었지요, 안 들어가려고 버티던 개는 주먹 한 방에 와장창 나가 떨어졌지요, 그 뒤 아버지는 또 장마를 걷어 사라지고, 한동안 유리 사이로 빨간 울음이 새나왔지요, 목 가죽이 벗겨진 생울음이었지요, 그때부터 우리에게 거울은 일종의 금기, 파리똥이 죽은 별자리를 그려놓을 때까지 피해 다녔는데요, 소리가 잠잠해질 무렵부터 그 개가 몹시도 궁금해졌지요, 쓰고도 달콤한 호기심을 거부할 수 없어 나는 결국 금기를 깼지요, 모두 잠든 틈을 타 거울에 다가갔던 건데요, 거울의 눈빛과 마주하는 순간 번개는 나를 감전시켜 놓았지요, 틈을 놓치지 않고 눈 속으로 뛰어 들어왔지요, 술을 마시면 더 사납게 짖어대는 개, 나의 두 눈도 점점 금이 가기 시작했지요.

(현대시, 9월)

그러고 보니 깨진 거울의 모양은 번개와 흡사하다. 거울이 깨질 때는 분명 폭풍과 천둥도 일었을 것이다. 이 집 거울에 번개를 데려다 놓은 것은 아버지이다. 그토록 많은 시에서 폭군으로 등장하는 그런 아버지. 폭력의 기억이 사라지지 않는 동안 거울은 파리똥이 그려놓은 별자리로 가득했다. 빨간 울음이 새어나오는 무서운 거울은 이 가족에게 오랫동안 들여다볼 수 없는 금기의 지대였던 것이다. 호기심이 금기보다 강해졌을 때 화자는 드디어 거울을 마주한다. 그 순간 거기 숨어 있던 번개가 튀어나온다. 거울을 마주하면 언제든 살아나는 개. 아버지가 끌어다놓은 폭력의 기억이.

깨진 거울을 불길한 것으로 여기는 사람들의 무의식 속에는 이 시에 나오는 번개와 같은 폭력과 상처에 대한 두려움이 잠재되어 있는 것이 아닐까? 그 많은 가족 삼각형의 불안한 구도에서는 폭력적인 아버지의 존재가 그림자를 드리우고 있다. 식상할 정도로 일반적인 구도이지만 어떤 가족에게나 최초이며 영원한 상처를 각인하는. (d)

청춘이 시킨 일이다

김경미

낯선 읍내를 찾아간다 청춘이 시키는 일이다
시외버스가 시키는 일이다

철물점의 싸리 빗자루가 사고 싶다 고무 호스도 사서
꼭 물벼락을 뿜어 주고픈 자가 있다
리어카 위 가득 쌓인 붉은 육고기들의 피가 흘러
옆집 화원의 장미꽃을 피운다 그렇게
서로를 만들고 짓는 것도 청춘이 시켰다
손목부터 어깨까지 시계를 찼던 그때
하늘에 일 년 내내 뜯어 먹고도 남을 달력이 가득했던 그때
모든 게 푸성귀 색깔이었던 그때

구름을 뜯어먹으며 스물세 살이 가고
구름 아래 속만 매웠던 스물다섯 살도 가라고 청춘이 시켰다
기차가 시켰다 서른한 살도 청춘이 보내버리고
서른세 살도 보내버리니 다 청춘이 시킨 것이었다

어느덧 옷마다 모조리 불 꺼진 양품점 진열장 앞
마네킹들이 물끄러미 바깥의 감정들을 구경한다
다투고 다방 앞 계단에 쪼그려 앉은 감정.
기차를 끌고 지나가는 감정, 한쪽 눈과 발목을 잃은 감정,
공중전화 수화기로 목을 감는 감정.
그 전화 끊기며 내 청춘이 끝났다는 것도 청춘의 짓이다

아직도 얼른 나가보라고 지금도 청춘이 시킨다
지금이라도 줄을 풀라고
기차와 시외버스와 밤과 공중전화가 시킨다 여전히 청춘을 시킨다

(시와미학, 여름호)

뜻 모를 배회와 과도한 감정은 청춘의 증거이다. 이성적으로 설명이 되지 않는 이러한 삶의 낭비를 이 시에서는 "청춘이 시키는 일"이라고 한다. 청춘의 핑계를 대면서 낯선 읍내를 찾아가거나 다방 앞 계단에 하염없이 쪼그려 앉아 있는 것도 못할 일은 아니다. "손목부터 어깨까지 시계를 찼던" 청춘의 그때 시간은 무궁하고 싱싱했으니까.

지나보면 스물세 살까지의 청춘은 거의 무중력 상태에 가깝다. "구름을 뜯어먹으며" 산 것과 다를 바 없다. 이상과 공상으로 하늘 높이 떠있던 시절이다. 그 후로 점점 지상으로 하강한 셈이지만 "서른세 살"도 돌아보면 까마득한 청춘이다.

아직도 "얼른 나가보라"거나 "줄을 풀라"고 하는 것은 청춘의 속삭임이다. 청춘은 물리적 시간에 한정되는 것이 아니라 구속에서 벗어나 밖으로 나가고 싶어 하는 끝없는 충동이다. 지금도 기차와 시외버스와 밤과 공중전화가 시키는 대로 뛰어나가는 그대는 청춘이라고 자부해도 좋다. ⓓ

천의 바다

김경엽

이미 천 척의 배들이 떠나갔다
지천으로 널린 안개를 뚫고
포구에서는 누구나 떠나가야 한다
깊은 바다를 먼저 통과해간 뱃사공들은
바람 부는 밤바다에
그들의 언어로 등대를 세웠다
등대불빛이 찢어진 고전처럼
허공에 나부낄 때,
풍랑에 부서지는 뱃전을 끌어안고
우리들은 자주 운다
눈물을 받아내는 것은 언제나
바다의 일이어서
짜디짠 물살의 힘으로만 배는
앞으로 나아갈 수 있었다
천 개의 섬을 향해 천 척의 배들은
끊임없이 떠날 테지만
먼저 떠난 배들은 아무도
돌아오지 않았다
천개의 섬들은 수심(愁心) 깊은 저마다의
심해(心海)에 살고 있다는 소문만
해풍에 실려 왔다

(시와 정신, 겨울호)

사람들은 누구나 태어난 순간부터 요람, 그 안락한 포구를 벗어나 미지의 "섬"을 향해 "지천으로 널린 안개를 뚫고" 떠나가야 하는 "뱃사공"이 될 수밖에 없다. "바람 부는 밤바다"가 두려워 머물러 있다면 죽음을 선택하는 것과 다름이 없다. 그런데 "깊은 바다를 먼저 통과"한 지혜로운 '뱃사공들'은 "언어로 등대를 세"웠으나 그 불빛은 이내 "찢어진 고전처럼 허공에 나부끼"고 만다. 언어는 불완전하며 사람마다 여건과 가야 할 "섬"이 다르기 때문이다. 더구나 삶의 바다엔 이는 때와 세기를 아무도 예측할 수 없는 풍랑이 늘 기다리고 있지 않은가. 시시각각 이는 풍랑에 "부서지는 뱃전을 끌어안고" 눈물을 흘려야 하는 게 일상사인데 그 "등대불빛"을 보고 편하게 항해를 할 수만은 없다. 그런데 "눈물을 받아내는 것은 언제나/바다의 일이어서" 뱃사공이 흘린 눈물로 바다는 더욱 깊어지며 더 많은 눈물을 요구할 뿐이다. "짜디짠 물살", 그 깊은 절망의 끝에 흘린 눈물이 오히려 섬 가까이로 배를 밀어가는 추동력이 될 것이다. 그런데 산다는 것은 곧 그 끝에서 기다리는 죽음을 향해 가는 것이기에 "먼저 떠난 배들은 아무도/돌아오지 않았다". 그리고 닿아야 할 "섬"은 수면 위에 그 모습을 드러내지 않고 "수심 깊은 저마다의/심해에 살고 있다"니 검은 풍랑에 맞서 크게 울며 힘껏 심해로 노를 저어 갈 일이다. ⓐ

속수무책

김경후

내 인생 단 한 권의 책

속수무책

대체 무슨 대책을 세우며 사느냐 묻는다면

척 하고 내밀어 펼쳐줄 책

썩어 허물어진 먹구름 삽화로 뒤덮여도

진흙참호 속

묵주로 목을 맨 소년병사의 기도문만 적혀 있어도

단 한 권

속수무책을 나는 읽는다

찌그러진 양철시계엔

바늘 대신

나의 시간, 다 타들어간 꽁초들

언제나 재로 만든 구두를 신고 나는 바다절벽에 가지

대체 무슨 대책을 세우며 사냐 묻는다면

독서 중입니다, 속수무책

(창작과비평, 겨울호)

저마다 최고의 책이라고 내세우는 수많은 책들이 있지만, 이 시의 화자에게 내세울 만한 단 하나의 책은 "속수무책"이다. 가벼운 말놀이보다는 블랙코미디 같은 애잔함이 느껴지는 말이다. "진흙참호 속/묵주로 목을 맨 소년병사의 기도문" 같은 데서 그는 속수무책을 잘도 읽어낸다. 속수무책에는 도저히 어찌할 수 없는 난감한 운명이 적어놓은 분명한 메시지가 있다. 용감하게 전진하라, 희망을 잃지 말라는 온갖 위대한 전언의 책들과 달리 한없이 미약하고 절망적인 삶의 고백이 담긴 문제의 책, 속수무책. 시간이 지나도 변화는 없고 절망과 초조함만이 증폭되는 화자가 내세울 수 있는 대책도 단 하나, 속수무책뿐이다.

희망과 발전만이 미덕으로 간주되는 세상에서, 이처럼 어찌할 수 없는 상황에 대한 진솔한 고백, 무고한 희생을 강요하는 폭력적인 현실에 대한 예리한 비판을 담고 있는 속수무책은 무대책의 대책, 무언의 지혜를 제시한다. 온갖 희망의 전언, 성공신화들의 반대편에서 절망으로 얼룩진 삶, 대책 없는 삶도 역시 똑같은 무게를 지니는 하나의 삶이라는 것을 묵묵히 보여준다. (d)

스산한 날

김규화

으악, 이렇게 많이 떼지어 몰린
하늘공원의 새, 으악새
피는 말리고 몸은 길쭉하게 하늘로 뻗어 그대로
바람을 썰어 칼질을 한다
썰려나간 바람들이 서로 부딪쳐
스스스 산산산 흩어지다가 스산스산
다시 몰린다

이집트 사막에서 미라들이 떼지어 날아온다
짙은 화장과 부릅뜬 눈을 벗어버리고
코핀* 안에서 흰 붕대에 감추어두었던
오랜 기다림을 벗어버리고
평화호수 속의 평화를 바라본다
물억새 꽃차례가 낙타의 주둥이처럼 흔들거리는 황혼 속이다

갈상자 하나가 평화호수의 갈밭에 걸려들어
산보하는 바로왕의 젊은 딸이 머문다
건져올린 시녀들과 그 안에서
포대기에 싸인 채 울어쌓는 스산스산
아기 모세다

* 코핀(coffin) : 이집트에서 납으로 만든 누에고치 모양의 시신을 넣는 관.

(시문학, 10월호)

시인은 "하늘공원"에 우거진 '억새'를 "새, 으악새"라고 명명하며 상상을 비약시킨다. "피는 말리고 몸은 길쭉하게 하늘로 뻗"은 그것을 보고 "이집트 사막에서 미라들이 떼지어 날아"오는 것을 연상한다. 그 미라들이 자신의 참모습을 가리던 외피들을 모두 걷어내고 감추어두었던 "오랜 기다림" 끝에 "평화호수 속의 평화를 바라본다". 그러한 미라는 "꽃차례가 낙타의 주둥이처럼 흔들거리"면서 이집트의 사막을 환기시키는 "물억새"의 이미지에 중첩되며 서로 비유적 관계를 맺는다. 또한 시인의 상상 속에서 "갈상자 하나가 평화호수의 갈밭에 걸려들어" 나타나며 '모세'를 주인공으로 하는 성서 속의 사건으로 비약하는 계기를 마련한다. 즉 "갈상자"는 그 속에 담겨 버려졌다가 "바로왕의 젊은 딸"의 눈에 띄어 시녀들에게 극적으로 구출된 "아기 모세"를 등장시킨다. "아기 모세"는 나중에 자라서 이스라엘 민족을 이집트의 압제로부터 구하여 가나안 땅으로 인도한 '평화'의 지도자가 아닌가. 그러한 '모세'와 "평화공원"은 시공간을 초월하여 유기적인 상관성을 갖게 된다. 시인의 상상력은 이처럼 시공간을 넘나들며 선택한 이질적인 이미지들을 유기적으로 연결하여 가을 어느 "스산한 날"의 '평화'를 암시한다. ⓐ

김밥천국

김기택

김밥
天國 문을 열고
반바지를 입은 중년의 사내가 나온다.
이빨로 잘 다진 김밥을 차곡차곡 위장에 담고
제삿밥처럼 고봉으로 담고
탱탱해진 위장을 불알처럼 흔들며 나온다.
혀가 이빨 사이에 낀 김을 쑤시는
울퉁불퉁한 입과 뺨을 우물거리며 나온다.
시커먼 먼지 밥알이 붙은 쓰레빠를 신은
걸음을 끌고 나온다.
죽는 순간 1초에 전생이 펼쳐진다는 파노라마에는
절대로 나타나지 않을 시간이 나온다.
밥을 한 주걱 김 위에 올려놓고
조물조물 김밥을 마는 주먹처럼
위장이 한 그릇 김밥을 주물럭거리는 동안은
眼耳鼻舌身意도 없고 色聲香味觸法도 없다
혀 양치질로 긁어낸 걸쭉한 침이 보도블록 위에 떨어질 때
아들이 개새끼라고 부르는 아버지도 없고
치석 냄새 니코틴 냄새 술 냄새 나는 한숨도 없다

김밥이 으깨지는 동안의 잠깐 천국
無明이 소화되고 解脫이 항문에서 새어나오는 동안
소장 대장으로 한 줄 김밥처럼 말려 지나가는
물렁물렁 천국

(시를 사랑하는 사람들, 9-10월)

독거노인이나 일용직 근로자, 학원 스케줄에 쫓기는 청소년들에게 일용할 양식을 제공하는 분식집 김밥천국. 비록 그 차림표는 미천하나 식사 후의 포만감은 일류 음식점과 다를 바 없다. 누구든 큰 부담 없이 포만의 지복을 누릴 수 있게 해주는 곳이니 "천국"이란 명칭이 과도하다 책할 일도 아니다.

이 시의 주인공은 반바지에 쓰레빠 차림인 중년사내이다. 아들에게 개새끼 소리나 듣고 담배와 술에 찌들어 사는 한심한 인생이다. 그의 사회적 지위나 평소 행태가 어떠하든 김밥천국에서 챙겨먹은 김밥이 소화되는 과정은 어느 누구의 것과 다를 바 없다. 시인은 특유의 투시적 관찰법으로 김밥천국에서 식사를 마치고 나오는 그의 행색과 위장에서 일어나는 소화현상을 집요하게 서술한다. "김밥이 으깨지는 동안"의 소화 작용에는 빈부의 격차도 없고 귀천의 차별도 없다. 무명과 해탈에 가까운 자연의 도와 지극한 포만감이 있을 뿐이다. 우리의 주인공에게 허용된 이 잠깐의 "천국"은 여전히 좀 낯설고 쓸쓸하다. (d)

통영 3

김덕우

어머니는 굴을 까러 다니셨다
동네 아주머니들과 살을 에는 새벽바람을 맞으며 나가
해가 산 너머로 넘어가는 것을 보며 돌아오셨다
가을에서 늦은 봄까지 하루 종일 작업대 앞에 기계처럼 버티고 서서
고왔던 얼굴이 점점 굴 껍데기처럼 거칠어지고
주름져가는 것을 알지 못했다
얼어붙은 두 손은 얇은 장갑을 끼고 고무장갑을 끼고
면장갑을 덧끼워도 여전히 시리고 저려 왔다
공장에는 알맹이를 도려낸 굴 껍데기가 산처럼 쌓여 갔다
옆집 아주머니가 새로 산 외투를 자랑처럼 늘어놓으면
매일 바닷물 얼굴에 묻히며 사는 팔자
새 외투가 무어냐 애써 위무하면서
종폐 같은 손주 줄 용돈을 까고 아들 딸 등록금을 까고
늙으신 노부모의 병원비를 까고 또 깠다
그래도 월급날 빳빳한 지폐 하얀 봉투에 두둑이 받아들고
어머니 환한 얼굴로 고등어 몇 마리 사들고 집으로 돌아오면
식탁은 푸르게 빛났다 그러고 나면
찬바람 불 때까지 다시 몸져누워야 한다는 것을 잘 알면서도
어머니는 굴을 까러 다니셨다

(시와시, 봄호)

어머니를 소재로 한 시를 쓰지 않은 시인이 있을까. 웬만한 시인이라면 거의 다 어머니에 대한 시를 썼으리라. 시에 등장하는 어머니가 다양한 모습을 보여주는 것은 바로 이 때문이다. 하지만 "굴을 까러 다니"는 어머니를 노래한 시를 찾기는 쉽지 않다. "살을 에는 새벽바람을 맞으며 나가/해가 산 너머로 넘어가는 것을 보며 돌아오"는 어머니……. 그렇다. 이 시는 "굴을 까러 다니"는 어머니를 노래하고 있다. "가을에서 늦은 봄까지 하루 종일" 굴을 까는 "작업대 앞에 기계처럼 버티고 서서/고왔던 얼굴이 점점 굴 껍데기처럼 거칠어"져 가는 것을 알지 못하는 것이 이 시에 노래되어 있는 어머니이다. 어머니는 "옆집 아주머니가 새로 산 외투를 자랑처럼 늘어놓으면/매일 바닷물 얼굴에 묻히며 사는 팔자/새 외투가 무어냐 애써 위무하면서/종폐 같은 손주 줄 용돈을 까고 아들 딸 등록금을 까고/늙으신 노부모의 병원비를 까고 또 깠다". 물론 "월급날 빳빳한 지폐 하얀 봉투에 두둑이 받아들고/어머니 환한 얼굴로 고등어 몇 마리 사들고 집으로 돌아오면/식탁은 푸르게 빛났다". 하지만 그렇게 하고 나면 "찬바람 불 때까지 다시 몸져누워야" 하는 것이 어머니이다. 어머니는 그런 줄을 "잘 알면서도" 계속 "굴을 까러 다니셨다". 이 시는 이런 어머니에 대한 시인의 애틋한 효심이 잘 드러나 있어 주목이 된다. (b)

골이 파이다

김명철

가슴골이 깊이 파인 여자가 내 곁을 스쳐 지나갈 때
삼십구 년 동안의 내가 십 년 동안의 어린 나에게 다가갔습니다

물장구와 땅따먹기와 연날리기가 끝난 후부터 나는
막대기를 진검으로 알고 나를 휘둘러왔습니다
들판에 쌓아놓은 덤불 속에서
꿈같은 하룻밤을 자고 깨어난 후부터
나의 유성(流星)은 더 이상 꼬리를 드러내지 않았습니다

날개를 펴기 위해서 벼랑으로 간다지만
나는 결국 접기 위해서였습니다
산골 개울물을 징검징검 건너가는 물잠자리의 까만 날개가
내 홑눈을 흐려놓은 것도 모르고 나는 갔습니다 나는
손잡이도 없는 검, 피아(彼我)를 구분하지도 못했습니다

정수리 바로 위에서 성가신 별이 폭죽처럼 터질 때면
놀라지도 않고 내가 내 뒤통수를 치기도 했습니다
진검이든 막대기든 이제는 그만하고 싶습니다

폭염으로 뜨거워진 수돗물에 머리를 박습니다
땡볕 아래 가슴골이 깊이 파인 서늘한 여자가 지나갔습니다
문을 안에서 걸어놓고 죽어라고 소리를 죽이고 있습니다

(시에, 겨울호)

　화자는 "가슴골이 깊이 파인 여자"에게서 내 모든 것을 품어주던 어머니의 모습을 발견하고 세파에 찌들지 않은 진정한 "어린 나"를 되찾고자 했는지도 모른다. 그 시절 '나'는 어머니 품 같이 깊은 고향 산골에서 '물장구, 땅따먹기, 연날리기' 등 놀이를 하며 꿈을 키우다 놀이용 "막대기를 진검"으로 착각하며 '나'를 휘둘렀다. 그리고 "들판에 쌓아놓은 덤불 속에서/꿈같은 하룻밤을 자"는 동안 꼬리를 끌며 사라지는 "유성"을 본 후, 그 꿈의 대상을 찾아 날개를 펴기 위해 "벼랑"으로 갔으나 접고 말았다. 겹눈의 물잠자리는 "개울물을 징검징검" 잘도 날아 건너갔으나 내 "홑눈"은 흐리고 "손잡이도 없는 검"처럼 불완전한 나는 "피아를 구분하지도" 못하였다. "별이 폭죽처럼 터질 때"면 그것을 잡고자 무조건 휘두르다 오히려 "내 뒤통수를 치기도" 하며 상처를 받았다. 이제 무모한 싸움은 그만 하고 수돗물에 머리를 박고 상처를 씻으며 나의 모습을 비춰보려는데 "서늘한 여자"가 지난 행적을 꾸짖는 듯 지나갈 뿐이다. 화자는 아예 "문을 안에서 걸어놓고" 외부를 차단한 채 자신의 욕망을 억제하며 "소리를 죽이고" 있다. ⓐ

해골 목걸이

김백겸

천지일월 초목금수가 이미지 책으로 펼쳐진 세상의 도서관이 보이면서 시공간은 수정구슬처럼 맑은데 나는 마음이 어두운 학인(學人)이었다

꿈과 욕망이 관념의 화택(火宅)을 대단위 아파트단지처럼 짖고 있어 머릿속에서는 타워크레인과 레미콘 차들의 엔진소리가 열을 뿜고 있었는데,

생각해보니 나는 '플라톤의 동굴'에 갇힌 죄수 신세였다

구름 사이 천둥번개가 치더니 일진광풍이 사자의 노한 갈기처럼 나부껴 여름소나기가 연못의 수면에 둥근 벚나무 이파리 같은 파문을 만들었다

조물주는 물질과 에너지를 모아 형상(形象)을 짖는 작업이 한창이었다

옷이 젖고 머리가 풀린 몰골로 풀잎들이 향기를 뿜어내는 길로 귀가하는데 거짓말같이 해가 떠서 검은 구름 사이로 세상의 얼굴이 빛나는 황혼이 왔다

아파트 굴뚝에 내려앉은 까마귀 떼는 어떤 세상의 꿈을 보고 울부짖는지 검은 울음바다가 붉은 하늘을 물들이고 있었다

어둠이 흰 해골 목걸이를 한 저승사자처럼 버스정류장에 내리고 있었는데도 진실을 위해 산을 옮기는 신념이 없는 내 인생은 금이 가고 있는 아파트 석축이었다

(사람의문학, 겨울호)

이 시의 지은이는 주지적인 시인이다. 여기서 주지적인 시인이라
는 것은 그가 세상에 대한 자기 나름의 관념을 갖고 있는 사람이라는 것
을 뜻한다. 하지만 이 시에서 그는 선행하는 관념에 의해 세계를 인식하
는 것에 대해 반성하고 성찰한다. 그에게는 이미 "천지일월 초목금수가"
다 "이미지 책"으로 보이기 시작했기 때문이다. 자연의 이미지들이 모두
언어로 보이기 시작했다는 것인데, 그렇게 되면 세상 자체가 도서관이
될 수밖에 없다. 하지만 그는 "마음이 어두운 학인(學人)"이므로 자신의
마음속에 자리해 있는 "관념의 화택(火宅)"을 버리지 못한다. 시인은 이런
심리적 현존을 "'플라톤의 동굴'에 갇힌 죄수 신세"라고 표현한다. 말하
자면 자신이 이념이나 논리에 갇혀 있다는 것인데, 그가 이런 자신을 긍
정하지 못하는 것은 당연하다. 이제 그에게는 "구름 사이 천둥번개가
치"는 것, "일진광풍이 사자의 노한 갈기처럼 나부"끼는 것, "여름소나
기가 연못의 수면에 둥근 벚나무 이파리 같은 파문을 만"드는 것 등도
일종의 언어이다. 2연에 이르러 그가 좀 더 구체적인 자연의 이미지를
그려내는 것도 이와 무관하지 않다. "어둠이 흰 해골 목걸이를 한 저승
사자처럼 버스정류장에 내리고 있었는데도 진실을 위해 산을 옮기는 신
념이 없는 내 인생은 금이 가고 있는 아파트 석축이었다"라고 노래하고
있는 것도 이런 측면에서 자연의 이미지를 이해하고 있기 때문이다. 자
연의 이미지들이 보여주는 움직임이나 변화를 구체적인 언어로 익혀 바
르게 이해하고 해석하는 경지에 이르기는 결코 쉽지 않다. (b)

저녁의 계보

김병호

바꿔 내온 잔에도 금이 있었지만
뒤돌아서는 여주인의 맨발을 보고는
말을 삼켰다

창마다 고인 저녁 밖에선
계집아이 하나가
누군가를 기다리는 모양이다

제 몸에 그믐을 새긴 잔이나
뒤늦게 이혼을 이야기하는 아버지나
무릎 오그리고 앉아 울고 있는 저 아이나

누구에게나 하나의 이름은
지우지 못한 금이다

금이 간 저녁을
당신이 지난다

(시와사람, 여름호)

작품에 등장하는 인물들은 "저녁"의 이미지를 고스란히 담고 있다. 식당에서 나온 잔에 금이 가 있어 새로운 것으로 바꾸어 달라고 요청했는데 "바꿔 내온 잔에도 금이 있"는 상황. 화자는 맨발로 일하는 "여주인"이나 창밖에서 누군가를 기다리며 쪼그려 앉아 울고 있는 "계집아이"에게서도 그 "금"을 발견하고 있다. "뒤늦게 이혼을 이야기하는 아버지"에게서도 마찬가지이다. 그리하여 화자는 등장인물들에 등을 돌리지 않고 측은한 마음으로 감싸 안는다. 또한 그들이 밝거나 활기차지는 않지만 결코 무너지지는 말아야 한다고 기원하고 있다. "저녁"이란 해가 질 무렵부터 시작되지만 결코 밤이 온 것은 아니다. 화자는 그 사이에서 "금"이 간 사람들을 감싸고 있다. (c)

갈증

김사이

해가 아파 숲이 아프고 강이 아프네
버려진 꿈들은 정처가 없어 한없이 떠도네

빛과 어둠이 헝클어졌어
자꾸 웃음소리 들려
웃음소리가 내 심장을 파고들어 콕콕 찔러
영혼은 비곗덩어리로 변해버렸지

발 디딜 틈 없이 쓰레기들이야
온갖 탐욕과 불평등 그리고 비린내 나는 가슴들과 토해낸 배설물들이
빙하를 녹이고 밀림을 헐었어
소소한 군상들의 목숨도 붙였다 뗐다 하지
배고픈 아이들은 흘릴 눈물도 없다지

사랑은 끝났어
짐승들의 시간이야
무차별적으로 잡아먹힐 거야
순수한 혈통은 없어
나와 몸을 섞자
말랑말랑 끈적한 살을 줄게

(시와경계, 가을호)

사람들이 내뿜는 탐욕의 연기에 그을려 "해가 아파"하자 숲과 강이 함께 병이 들어 앓고 있다. "빛과 어둠"을 구분할 수 없는 혼탁한 거리에서 실없는 "웃음소리가 내 심장을 파고들어 콕콕 찔러" 영혼마저 사라졌다. 그 자리에 "탐욕과 불평등"이 가득 고이자 "토해낸 배설물"이 지구의 심장부에서 끝까지 오염시켰다. "소소한 군상들", 그 약자들의 생명은 하찮게 여겨지고 굶주림에 지친 아이들 눈에 눈물마저 말라 버렸다. 삶의 절대적 윤리인 "사랑"을 버린 채 약육강식의 원리를 좇아 사는 사람들의 핏속에 "순수한 혈통"이 흐르지 않는다. 하늘과 인간, 그리고 자연이 조화를 이루던 시대를 보내고 "짐승들의 시간"을 살며 "갈증"을 느끼다 못해 "몸을 섞자"고 청하는 화자의 심정이 안타깝다. (a)

살아 있는 집

김상미

나는 아주 낡고 허름하고 오래된 집에 산다
고장 난 수도꼭지를 갈면 배수구가 막히고
배수구를 고치면 변기가 막히고
변기를 뚫으면 이층 베란다에 고인 물이 천장으로 스며든다
방 안 가득 쌓인 책은 버려도 버려도 다시 쌓이고
창틀에 낀 먼지는 울부짖는 침묵처럼 나를 압도하며 비웃는다
그러나 청춘이 훨씬 지난 나는 깔끔보다 허름에 더 익숙해져
이제는 막히고 부서지고 무너지는 것들에 눈 하나 끔쩍하지 않는다
무섭지가 않다
가진 게 없는 자의 배짱과 오기로
미래의 배고픔을 미리 배고파하고
미래의 허름함을 미리 경험하는 것뿐
절망도 익을 대로 익으면 뜨거운 김이 올라오고
어떤 이에게는 훌륭한 음식이 되는 법이다
그렇게 그대와 함께 즐겨 듣던 음악도 축배도 열정도
이제는 가장 허름한 벽지에 다급하게 적어놓은 누군가의 저 전화번호처럼
호소력 잃고 호기심 잃은 우울한 노파로 변해가고 있다
그러나 상심 마라
어떻게 생각하느냐가 어떻게 보느냐를 결정하듯이
그대의 향기와 정념과 목소리는 이 집에 다 묻어 있다
깨끗이 쓸자마자 다시 낙엽이 떨어져 쌓이는 저 가을날의 길처럼
누구에게도 매수당하지 않아 생생히 살아 있는
아주 낡고 허름하고 오래된 이 집에!

(현대시학, 12월호)

이 시의 화자인 '나'는 누구인가. 말할 것도 없이 시인 자신이다. 시인 자신이 겪고 있는 일상의 체험을 바탕으로 하고 있는 것이 이 시이다. 그에 따르면 시인은 "아주 낡고 허름하고 오래된 집에" 살고 있다. "고장 난 수도꼭지를 갈면 배수구가 막히고/배수구를 고치면 변기가 막히고/변기를 뚫으면 이층 베란다에 고인 물이 천장으로 스며"드는 것이 그의 집이다. "창틀에 낀 먼지"가 그를 "압도하며 비웃는" 집, 하지만 "청춘이 훨씬 지난" 그는 "깔끔보다 허름에 더 익숙해져/이제는 막히고 부서지고 무너지는 것들에 눈 하나 끔쩍하지 않는다". 가난이 "무섭지가 않"은 것이다. 그가 "가진 게 없는 자의 배짱과 오기로/미래의 배고픔을 미리 배고파하고/미래의 허름함을 미리 경험하는 것뿐"이라고 생각하는 것은 바로 이 때문이다. "절망도 익을 대로 익으면 뜨거운 김이 올라오고/어떤 이에게는 훌륭한 음식이 되는 법이다". 그러면서도 그는 "즐겨 듣던 음악도 축배도 열정도" "호소력 잃고 호기심 잃은 우울한 노파로 변해가고 있다"고 한탄한다. 물론 그는 자신을 향해 "상심 마라"고 외치며, 이 집에는 자신의 "향기와 정념과 목소리"가 "다 묻어 있다"고 자신을 위로한다. "누구에게도 매수당하지 않아 생생히 살아 있는" 것이, "아주 낡고 허름하고 오래된" 것이 이 집이기 때문이다. (b)

덩굴장미 방화사건

김석환

원인은 아직 밝혀지지 않고
동네방네 방화사건이 터진다는 소문
입춘까지 머뭇거리던 잔설 더미도
숨은 불씨를 다 끄지 못 했나 보다
다투고 받쳐 주고 당겨주며
철조망을 오히려 사다리 삼아
줄줄이 탈옥하는 수인들
깡마른 뼈에서 뿜어내는 선혈이
골목마다 범람하고 있다
밤이면 고양이 울음소리 들려오던
덩굴 속에 채워도 채울 수 없는
밑 빠진 항아리라도 묻혀 있나 보다
목을 빼고 시린 달빛을 핥으며
애타게 호객을 하는 붉은 입술들
장미, 이름을 불러 주면 고개를 젓고
돌아서면 목을 휘감는 독한 향기
너희는 어느 짐승의 후예들인가
만져 보면 손가락 끝마다
진한 슬픔이 끈적거릴 뿐
붉다, 푸르다, 아름답다
달래며 웃음을 건네보지만
짧은 혀를 비웃듯 가시를 돋우고

막무가내로 번져 가는 불길
스스로 지쳐 스러질 때까지
차마 뜨거워 다가가지 못하고 멀리서
무성의 핸드벨 화음에 귀 기울일 수밖에

(한국시학, 여름호)

　　"덩굴장미"가 뻗어 오르며 피어나는 모습을 "방화"를 일으키고 "줄줄이 탈옥하는 수인들"로 비유한 면이 눈길을 끈다. 작품의 화자가 "장미"의 모습을 과격하게 비유한 이유는 그만큼 "장미"의 욕망이 강한 면을 나타내기 위해서이다. "장미"는 "철조망"에 갇혀 자신이 가고 싶은 데를 마음대로 갈 수 없는 처지에 놓여 있다. 행동의 자유를 제한받고 있는 것이다. 인간 역사의 혁명은 이와 같은 구속이나 탄압에 저항해서 일어난 것이다. "장미" 역시 피를 흘리면서 자유의 길을 추구하고 있다. "장미"라는 이름에는 "향기"가 진하지만 울타리에 갇힌 존재이기에 "진한 슬픔이 끈적거"린다. 그러므로 "장미"의 동반자가 되려면 "웃음을 건네"는 것과 같은 무마나 유혹이나 타협은 무의미하다. "장미"는 절대로 자유의 길을 포기하지 않을 것이기 때문이다. 따라서 함께 "방화사건"을 일으키고 그가 울타리를 넘도록 돕는 행동이 필요하다. 용기 없이는 혁명을 이룰 수 없지만 연대하지 않고서는 더욱! (c)

물북

김선태

저수지 속에는
아무래도 저수지 속에는
손가락으로 가만 건드리기만 해도
바람의 입술이 살짝 닿기만 해도
화들짝 놀라 입을 점점 크게 벌리는
그런 예민한 여자가 살고 있을 것이다.

그 여자가 커다란 물북을 끼고 앉아
한없이 슬픈 노래를 부르고 있을 것이다
아무리 세게 두드려도 소리가 나지 않은
느리고 둥근 선율을 피워 올릴 것이다.

저수지의 심금(心琴)을 온통 울리는
저 정중동의 물북!

네가 처음 내게로 건너왔을 때
둥둥,
내 마음의 심연이 저러했을 것이다
아아,
혼자서 혼자서만 갇혀 울던 다락방
벙어리 냉가슴이 또 저러했을 것이다.

저 절창으로 하여 오늘

고요한 갈대숲 전체가 아스스 흔들리고
수면에 비친 햇빛이며 달빛까지도
잘게 흐느끼며 전율하는 것이다.

(현대시학, 12월호)

저수지 수면에 잔바람이 불거나 "손가락으로 가만 건드리기만 해도" 물결이 일어나 점점 크게 번지는 것을 보면 그 속에 "물북을 끼고 앉아" "예민한 여자"가 살고 있다. 그 여자는 "한없이 슬픈 노래를 부르고 있을" 테지만 밖으로는 "두드려도 소리가 나지 않은/느리고 둥근 선율"을 피워 올릴 뿐이다. 저수지 속에 사는 여인이 겉과 속이 다른 "정중동의 물북"을 갖고 있는 까닭은 무엇일까. 아마도 물 밖엔 자신의 노래를 그대로 들어주는 이가 없음을 이미 체험으로 터득하고 있을 것이다. 알고 보면 "내 마음의 심연"도 마찬가지라 "혼자서만 갇혀 울던 다락방"에서 "벙어리 냉가슴"을 앓은 적이 있다. 다만 저수지 속에 숨은 그 "절창"을 갈대숲이 들어주고, 햇빛과 달빛이 듣고 "흐느끼며 전율하는 것이다." 자신의 참된 욕망을 왜곡하여 표현하는 이중성을 갖고 인간은 서로 마음의 진실을 주고받기에 끝내 불가능한지도 모른다. 아니 인간은 어떤 노래로도 진정한 욕망을 다 드러내어 보여줄 수 없으니 침묵이 더 나은 화법이요 그 소리에 귀를 더 기울여야 한다. ⓐ

단단한 구름

김수우

난 삼억 년 응축된 구름입니다
아파트 담벼락에 핀 민들레가 말했다
나도 삼억 년 응축되었지
줄장미 붉은 벽돌이 대꾸했다
나도 삼억 년은 되었어
그늘에 끼어 상추 팔던 할머니가 곁닫는다

맘모스의 회색 눈을 응시한 적 있어요
난 수메르 소년이 쐐기문자를 쓰던 점토판이었지
난 바닷가에서 자라던 돌복숭이야
민들레가 끔벅이고
벽돌이 웅얼거리고
할머니가 끄덕인다

어제 자살한 학생, 도대체 어디 가서 응축될까요
저는 나였어요
그제 죽은 비둘기, 말라비틀어진 수선화에 도착할까
저들도 나였지
도시에서 깨진 것들, 전부 단단한 바닥이 될 거야
수선거린다 수런거린다 수런거린다

이거 얼마예요 구두소리
천 원어치 상추 속에 캄캄하게 담기는 삼억 년
검, 은, 봉, 지, 수, 런, 거, 린, 다,

(현대시학, 7월)

나이 자랑형 설화를 연상시키는 시이다. 그렇지만 저마다 더 오래전에 태어났다고 주장하는 나이 자랑형 설화와 달리 이 시의 등장 인물들은 모두 한 삼억 년 정도 되었다고 한다. 겪은 세월이 비슷해서인지 서로 이해를 잘 하고 사이가 좋아 보인다.

서로 다른 물상이 섞이고 응축되는 세월까지 포함한다면 한 삼억 년 정도 되기가 그리 어려울 것도 없다. 삼억 년 응축된 구름이 비를 뿌려 피어난 민들레는 맘모스의 회색 눈을 응시한 적이 있다고 하고, 줄장미가 피어 있는 붉은 벽돌은 한때 수메르 소년이 쐐기문자를 쓰던 점토판이었다고 한다. 이들과 응대하고 있는 상추 파는 할머니는 바닷가에서 자라던 돌복숭이였으며 삼억 년은 족히 되었다고 한다.

이렇게 하나의 물상이 해체되어 다른 물상으로 전환되는 것이라면 영원한 삶도 없고 영원한 죽음도 없다. 나는 곧 너이고 너는 곧 나이다. 어제 자살한 학생도 어딘가에서 또 다른 삶으로 응축되고 있을 것이다. "도시에서 깨진 것들"은 아이러니하게도 "전부 단단한 바닥이 될 거"란다. 검은 봉지에 담겨 팔려가는 "천 원어치 상추"들은 또 어디로 가서 무엇이 될 것인가? 연기(緣起)의 신비로움과 인연의 소중함을 돌아보게 하는 시이다. (d)

나뭇잎 아래, 물고기뼈

김신용

나뭇잎 아래, 물고기뼈*
마치 포란이듯, 떨어져내린 나뭇잎 하나를 덮고 누운 것
나뭇잎 하나를 덮고 누워 눈에 잘 띄지도 않지만
눈 감으면 가만히 손끝을 찔러오는 숨결 같은 것
그냥 눈을 감아버리면 그저 바람에 흩어질 엷음인 것을
흙그릇의 빗살무늬처럼 가슴에 새겨오는 것
그 무늬는, 나뭇잎 하나의 몸속에서 가늘게 만져지는 호흡이어서
지우지 못하고 눈 속에라도 들어앉히면
오, 저렇게 가슴 두근거리게 하는 것
엽맥의 등뼈가 되어 숨 쉬고 있는 것
그러나 그 흔적은 그저 뼈 하나로 남은 것이어서
겨우 나뭇잎 하나를 덮고 누운 가벼움이어서
눈에 잘 띄지도 못하고 그냥 얼룩으로 번져 있지만

눈 감고, 가만히 손끝을 찔러오는 상형(象形)으로 젖어 있으면

까마득한 바위의 벼랑에서 떨어져내리는 물줄기를, 어머, 꼭 바위의
수염 같네! 하는 눈으로 쳐다보게 하는

저 나뭇잎 아래 물고기뼈

* 김유진의 단편소설 제목.

(미네르바, 봄호)

엽맥의 형상이 물고기뼈와 유사하다는 점에 착안한 시이다. 가냘
픈 물고기뼈가 떨어져내린 나뭇잎을 덮고 포란(抱卵)의 시간을 지나고 있
다는 상상이 이어진다. 식물 이미지가 동물 이미지로 변화되면서 생명
의 감각은 더욱 섬세하고 간절해진다. 이토록 가늘고 엷은 무늬에 가슴
을 두근거리고 있는 이 마음이 시가 아니면 무엇일까? 그토록 흔한 나뭇
잎, 그토록 엷은 엽맥에서 생명의 언어, 상형의 문자를 발견한 그가 시인
이 아니면 누구일까? 흔히 시인을 견자(見者)라고 하지만, 그것이 상투어
가 아니라 여전히 핵심어로 작용하고 있음을 이 시는 보여준다. 시인의
눈에는 무엇하나 특별하지 않은 것이 없다. "까마득한 바위의 벼랑에서
떨어져내리는 물줄기를, 어머, 꼭 바위의 수염 같네! 하는 눈"으로 쳐다
보는 눈이야말로 견자의 눈이다. 어린아이의 눈처럼 늘 놀라고 늘 발견
으로 가득한 눈이다. 자연의 몸에서 상형의 문자를 읽어내고 생명의 내
밀한 소리를 듣는 시인의 눈이다. (d)

경청하는 개

김 언

식물은 경청하고 있다. 말하는 방식으로. 한계에 다다를 때까지 또 말하는 방식으로. 무슨 소린지 하나도 알아들을 수 없는 감정으로.

청각은 과격하다. 귀는 예민하고 더 예민해졌다. 이파리처럼 길고 넓은 귀는 헌 이파리를 죽여 가면서 새 이파리를 내보낸다. 줄기 하나가 단단해지고 있다. 신경은 더 가늘어지고 있다. 끝이 안 보이는 방식으로

성장을 미루고 있다. 성장을 동반하는 방식으로. 우울을 동반하는 방식으로 웃고 떠들고 욕하는 짐짓 반성하는 방식으로 방에 들어가서 문을 잠근다. 나는 경청하고 있다. 쫓겨나는 방식으로.

문밖으로 벌벌 떨며 창밖에서 한없이 기다리는 방식으로 나뭇가지는 들어온다. 일부는 이미 들어왔다. 아무도 없는 방에서 불이 켜지는 방식으로.

나는 두 시간째 기다리고 있다. 나무는 십 년째 서 있다. 나의 판단이 맞다면 저 안에서 소리는 이미 시작하고 있다. 방 안에서 창 안에서도 새로 돋는 이파리 안에서도.

경청하는 귀는 아무 소리도 내지 않는다. 창밖으로 삐죽 고개를 내밀고 있다. 들어오라는 손짓 같기도 하고 나가라는 발짓 같기도 한

그것의 일부는 이미 들어와 있다. 들어와서 사사건건 짖는다. 아주 작은 소리에도.

(세계의문학, 봄호)

여기 가장 조용하게 경청하는 자세로 있는 식물이 있다. 과연 그럴까? 사실의 단면을 조금씩만 비틀어보면 그 실상은 전혀 다르게 다가온다.

"식물은 경청하고 있다"는 첫 번째 진술은 그리 특별하지 않다. 우리의 의식 속에서 식물은 주로 수동적인 이미지이고 고요해보이기 때문이다. 움직이지 않는 식물의 모습은 경청하는 자세를 연상시킨다. 그러니 "식물은 경청하고 있다"고 할 수 있다. 그러나 식물의 자세는 사람과는 다르다. 식물이 경청하는 자세와 말하는 자세를 우리는 구분할 수 없다. 그러니 경청하고 있는 식물은 "말하는 방식"을 보이고 있는 것인지도 모른다. 이런 식으로 보면 무엇 하나 확실한 것은 없다. 환유적 연쇄의 사슬에 얽혀 듣는 것은 말하는 것이 되고, 성장은 퇴행이 되고, 우울은 흥분이 되고, 반성은 나를 경청하게 한다. 어느새 경청하는 식물이 경청하는 나가 되었다. 식물은 더 이상 수동적이지 않다. 나뭇가지의 일부는 방안으로 들어와 "사사건건 짖는다." 경청하던 식물이 어느새 경청하는 개가 된 것이다.

주체와 타자의 관계는 상대적이다. 주체와 타자의 위치, 의식의 흐름에 따라 요동한다. 이 시는 그토록 불완전하고 변화무쌍한 우리의 의식을 흥미로운 환유의 방식으로 드러내고 있다. (d)

상대성원리

김예태

처음에 그는 우리 곁에 없었다

우리가 출발선에 서서 신호총을 기다릴 때 그의 얼굴은 보이지 않았다

주먹 그러쥐고 동이 트도록 달리고서야 어슬렁어슬렁 뒤를 쫓는 발자국 소리를 들었다 어깨를 맞대어 동무하고 싶었지만 어린아이 잰 몸짓으로는 느긋한 그의 걸음을 기다릴 수 없었다

삼단 같은 머리칼에 푸른 물이 돌 때에도 서로의 걸음은 보폭이 맞지 않아 우리는 무시로 그를 기다려야 했다

겨울을 건너는 길목은 늘 소망과 낙망의 일교차가 심해서 수은주만 터질 듯이 솟아오르고 얼어붙은 하늘로는 길이 나지 않았다 곤고한 다리 쉬어가자. 쉬어가자 한두 번 겨울잠을 청했는데 함께 누운 줄 알았던 그가 밤새도록 눈길을 걸어 우리를 따돌렸다

잔득한 친구

우리의 유전자마저 소멸한다 해도 저 홀로 걷고 있을 저 견고한 다리

(한국현대시, 하반기호)

　　"우리"가 출발할 때에 아예 얼굴도 보이지 않던 그는 어디서 무엇을 하였을까. 자신만의 목적지를 탐색하고 부족한 자신을 돌아보며 준비를 하느라 출발 시간은 아예 염두에 두지 않았나 보다. 우리 역시 그를 찾지도 않고 한 발자국이라도 앞서기 위해 밤이 새도록 "주먹 그러쥐고" 달리다 동이 터올 때에야 비로소 "어슬렁어슬렁 뒤를 쫓는 발자국 소리를 들었다". 그런 그와 함께 어깨동무를 하고 함께 달리고도 싶었으나 그 생각은 잠시뿐 "느짓한 그의 걸음을 기다릴" 만큼 여유와 관심이 없었다. "머리칼에 푸른 물이 돌"던 시절에도 느린 그는 우리와 "보폭이 맞지 않아" 무시로 기다리게 했다. 시련의 찬바람이 부는 "겨울을 건너는 길목"은 "늘 소망과 낙망의 일교차가 심해서" 목적지인 "하늘로는 길이 나지 않"았다. 그래서 우리는 "곤고한 다리"를 쉬기 위해 겨울잠이 들었는데 "함께 누운 줄 알았던" 그 "잔득한 친구"는 홀로 "밤새도록 눈길을 걸어" 앞서 갔다. "상대성원리"에 따라 경쟁만 하는 "우리의 유전자마저 소멸한다 해도" 자신의 보폭대로 자신의 길을 가는 그의 "견고한 다리"는 하늘 문을 들어서고 있을 것이다. ⓐ

쥐똥나무

김완하

촉석루 성곽을 따라 난 길옆에
쥐똥나무들 줄을 서 있다
누가 저를 쥐똥나무라 이름 붙여
세워놓은지도 모른 채
그저 겨울 앞에 당당하다

다시 이 겨울이 가고
봄이 오면 비었던 가지마다
이파리 수없이 밀어내며
가지에는 또 새까만 쥐똥을
덕지덕지 쏟아내겠지

삶은 때로 수직적인 것이어서
촉석루 벼랑을 두고
저 아래는 강이 이어지고
그 위로는 길이 흐른다

사람들 남강을 내려다보며
한동안 깔깔대다 떠나 적막한데
쥐똥나무도 자기를 사람들이
쥐똥나무라 부른다는 것을
알면 조금은 서운했을 것이다

(리토피아, 봄호)

시인은 지금 진주의 "촉석루 성곽을 따라 난 길옆에" 서 있다. 길 옆에는 "쥐똥나무들 줄을 서 있"거니와, 그는 지금 이 쥐똥나무에 대해 생각하고 있다. "누가 저를 쥐똥나무라 이름 붙여/세워놓은지도 모른 채 /그저 겨울 앞에 당당하다"는 생각 말이다. 이런 생각은 다시 생각을 낳 는다. "겨울이 가고/봄이 오면 비었던 가지마다/이파리 수없이 밀어내며 /가지에는 또 새까만 쥐똥을/덕지덕지 쏟아내겠지" 하는 생각이 그것이 다. 자연의 질서에 대한 이런 생각은 이내 삶과 관련해 전개된다. "삶은 때로 수직적인 것"이라는 자각이 이때의 생각이다. 이런 그의 생각은 이 내 "촉석루 벼랑을 두고" 유추되는 두 개의 수평적 자각을 낳는다. 하나 는 강이고, 다른 하나는 길이다. 물론 강은 물의 길이고, 길은 사람의 길 이다. 물의 길이든 사람의 길이든 수평적 자각은 모든 존재가 다 같이 존 귀하다는 생각을 불러올 수밖에 없다. 이때의 존재 중에는 당연히 쥐똥 나무도 포함된다. 시인이 "쥐똥나무도 자기를 사람들이/쥐똥나무라 부 른다는 것을/알면 조금은 서운했을 것이"라고 생각하는 까닭이 바로 여 기에 있다. 당연히 이런 생각은 쥐똥나무를 인간의 시각으로 바라보았 을 때 가능해진다. (b)

피에타

김용재

예수가 십자가에서 내려왔네
말없이 성모의 팔에 안겼네
미켈란젤로가 그 혼을 새겼네
정신병자가 망치를 휘둘렀네
아랑곳 피에타는 피에타를 안고 있네
슬픈 거룩함, 아련한 투시,
이 우쭐한 예배당에서, 하늘 또 올려 보며
예술적 정열과 종교적 진지함 사이
무슨 칸막이가 있을 것이라는
생각의 난간을 무심코 내려왔네
그래, 어느 날엔가 피에타 예배당에 앉아
기억 밖의 오랜 사랑을 찾을 건가
여전히 시의 맥박을 고동치게 할 건가
관조의 골육(骨肉)을 추려보고 있었네
통속을 넘어 슬픔에 키스하며
지혜의 궁중(宮中)을 노크하고 있었네

* 피에타(Pieta) — 예수의 유해를 안고 비탄하는 성모마리아 그림(조각). 미켈란젤
  로(1475~1564)의 걸작, 바티칸 시국 성베드로대성당 안에 있다.

(호서문학, 여름호)

화자는 로마 관원에 의해 처형된 "예수가 십자가에서 내려"와 "말 없이 성모의 팔에 안"겨 있는 모습을 새긴 미켈란젤로의 불후의 명작 "피에타"를 바라보고 있다. "정신병자가 망치를 휘둘"러 그 조각을 부수려 했으나 아직도 "피에타는 피에타를 안고 있"다. 사랑하는 아들 예수를 잃은 슬픔보다 인류를 구원하기 위해 천국의 명령에 순종하여 죽은 그 혼의 "거룩함"을 바라보는 성모의 "아련한 투시"에 감동한다. 화자는 "하늘 또 올려 보며" 그 조각상을 새기던 미켈란젤로를 생각하면서 "예술적 정열과 종교적 진지함"은 서로 다르지 않음을 깨닫는다. 그리고 자신의 시가 "피에타"처럼 오랜 세월이 흘러도 생명력을 잃지 않고 "맥박을 고동치게 할" 수 있을 것인지 스스로에게 물어보며 "관조의 골육을 추려보고" 있다. 그리고 "통속을 넘어" 종교적 사랑을 새긴 "피에타", 그 거룩한 "슬픔에 키스하며" 언어의 예술인 시가 추구해야 할 가치가 무엇인지를 찾는다. 즉 남의 고통을 내 슬픔으로 여기는 그 절대적인 사랑을 그리는 게 예술가임을 일러주는 "지혜의 궁중"으로 들어가는 문을 두드린다. ⓐ

아기의 입속에 우주가 숨어 있다

김찬옥

두 달된 아기가 옹알이를 한다

아기는 오-오 한 자 밖에 모르지만
그 말은 어떤 무성한 말보다 위력이 세다

입속에 세상 만물이 다 응집되어 있다

고 작은 입을 통해 우주가 열리면
누구도 넘어가지 않고는 아기의 눈을 바라 볼 수 없다

강철 같은 할아버지가, 심술 난 할머니가 끔뻑 넘어가고
창 밖 벚나무도 꿈쩍 놀라 억겁의 눈을 떴나 보다

고목이 되어버린 벚나무 가지들이
날개를 활짝 펼치고 승천할 기세다

아기의 단조로운 모음 하나로
가족이란 울타리 안에 걸린 입들이
창밖에 핀 벚꽃보다 더 환하다

(시와시, 여름호)

아기가 태어나지 않으면 인류의 미래는 가능하지 않다. 아기가 어른이 되고, 어른이 인류의 현존을 구성하기 때문이다. 아기는 어른이 되기 위해 반드시 언어화의 과정을 거친다. 언어화의 과정에 이르는 첫 번째 단계는 옹알이다. 다양한 언어로 분화되기 전의 아기의 옹알이, "두 달된 아기"의 옹알이는 일단 "오-오 한 자"로 시작되기 마련이다. 하지만 이 옹알이는 "어떤 무성한 말보다 위력이 세다". "세상 만물이 다 응집되어 있"기 때문이다. 따라서 아기의 "작은 입을 통해 우주가 열리면/누구도 넘어가지 않"을 수 없다. "강철 같은 할아버지"도, "심술 난 할머니"도 아기의 옹알이에 "끔뻑 넘어가고/창 밖 벚나무도 꿈쩍 놀라 억겁의 눈을" 뜬다. 시인이 보기에는 이들 "고목이 되어버린 벚나무 가지들"도 아기의 옹알이에 "날개를 활짝 펼치고 승천할 기세"를 보여준다. 물론 여기서 말하는 "고목이 되어버린 벚나무 가지들"은 아기의 늙은 가족들을 뜻하기도 한다. 아기의 옹알이가 나이 든 가족들의 마음을 "창밖에 핀 벚꽃보다 더 환하"게 만드는 셈이다. (b)

안개 속의 장례

김충규

안개 속의 장례는 무덤 속 같았지 산 자들이 유령처럼 보였지
흰 국화꽃을 놓기가 내키지 않아 옷 속에 몰래 감췄지
먼 곳에서 노래가 들리고 고양이들이 사방에서 저벅저벅 걸어오고
램프를 준비하지 못하여 유족들이 창백한 표정으로 고개를 떨궜지
유령이 뒤에서 살금살금 다가와 목덜미를 깨물고 피를 즙처럼
빨아먹는다고 해도 비명을 지를 수 없을 만큼 짙은 안개
등으로 주르르 흘러내리는 피를 핥기 위하여 고양이가 눈에 불을 켜며
달려든다면 어디로 피할 수 있단 말인가
가장 안전한 사람은 관 속에 든 죽은 자
안개 속의 장례, 우리는 시신처럼 아무 생각이 없었지
죽음이란 게 어쩌면 그 사람의 일생에서 가장 화려한 꽃이 아닐까
그 꽃을 피우기 위하여 일생 동안 피의 거름을 생산한 게 아닐까
하마터면 즐거운 노래를 부를 뻔했지
죽음을 축하합니다, 당신이 피운 꽃이 우리를 즐겁게 합니다
누군가 조그맣게 노래를 불렀더라면 이내 합창으로 번졌을
기억할 만한 안개 속의 장례, 더 기억할 것은
옷 속에 감춰 온 흰 국화를 화병에 꽂았는데
이상하게 시간이 지나도 시들지 않았지

(시산맥, 여름호)

시인은 지난 2012년 3월 18일, 향년 46세로 세상을 떠났다. 1998년 『문학동네』 하계 문예공모에 당선되어 등단했으니 14년 정도 시를 쓰다가 세상을 떠난 셈이다. 이렇게 일찍 세상을 뜰 것을 예상이라도 했을까. 줄곧 그는 음울하고 우울한 죽음의 세계를 노래해왔다. 아예 이 시는 "안개 속의 장례"를 노래하고 있다. 이 시에서 시인은 지금 "산 자들이 유령처럼 보"이는 "안개 속의 장례"에 참석하고 있다. "고양이들이 사방에서 저벅저벅 걸어오고/램프를 준비하지 못하여 유족들이 창백한 표정으로 고개를 떨"구고 있는 "안개 속의 장례"! 장례식장의 음울하고 괴기스러운 분위기는 "유령이 뒤에서 살금살금 다가와 목덜미를 깨물고 피를 즙처럼/빨아먹는다고 해도 비명을 지를 수 없을 만큼 짙은 안개"에 덮여 있다. 그리하여 시인은 "등으로 주르르 흘러내리는 피를 핥기 위하여 고양이가 눈에 불을 켜며/달려든다면 어디로 피할 수 있단 말인가" 하고 질문한다. 따라서 "안개 속의 장례"에서 "가장 안전한 사람은 관 속에 든 죽은 자"라고 생각될 정도이다. 이 시는 이처럼 그로테스크한 분위기를 산출하고 있다. "시신처럼 아무 생각이 없"던 시인은 심지어 "죽음이란 게 어쩌면 그 사람의 일생에서 가장 화려한 꽃이 아닐까" 하고 되묻기도 한다. 그렇다. 삶은 삶을 부르고, 죽음은 죽음을 부른다. (b)

별똥별

김태형

사라지는 것을 향해 빌어야 할 것은
오로지 사라지는 것뿐이었던가
삼십만 년만 더 간다면
등 뒤에서 끌어당기는 사나운 중력을
견뎌낼 수만 있다면
영원한 고요의 바다를 지나갈 수만 있다면
그 무엇이든 별이 되었을 것이다
간혹 자기를 놓쳐버린 구름들이
먼지와 얼음조각들이
손목을 긋고 떨어져 나와
송두리째 자신을 불태워 자진해버리기도 한다
한순간을 위해서였다면 별은
다른 하늘에서 떨어져 내렸을 것이다
서너 걸음마다 뒤미처 떠오르는 생각처럼
다 타고도 남은 것이 있다면
저 잿빛으로 환한
오래고 오랜 밤하늘 때문이다
이런 것이다 나와 당신과 바람과 황무지와
끝도 없이 펼쳐진 이 광막한 어둠은
새로 생긴 실핏줄 하나가 눈망울 속을 지나가듯
저릿하게 저릿하게 살아 있다는 것은
지워지는 게 아니라 결코 지워지는 게 아니라

(문학사상, 9월)

별똥별은 궤도를 잃고 낙하한 우주진이 지구의 대기권과 마찰하면서 빛을 내는 현상이다. 사나운 중력을 견디며 영원한 고요의 바다를 지나갈 수 있다면 별이 되었겠지만 별똥별에게는 어려운 일이었을 것이다. 인간 세상에서도 사회적 압력과 상식의 궤도를 벗어나면 별똥별 신세가 되기 십상이다. 송두리째 자신을 불태워 자진해버리는 별똥별과 압박을 견디지 못해 스스로 생애를 마감하는 인생은 섬뜩할 정도로 유사하다. 문득 별똥별을 향해 소원을 비는 습속이 허탈하게 느껴진다. 제 무게도 이기지 못하여 자진해버린 별똥별에게 무슨 헛된 희망을 부가할 것인가? 살아남은 자들의 일이란 "끝도 없이 펼쳐진 이 광막한 어둠"을 돌고 또 도는 것뿐이다. "새로 생긴 실핏줄 하나가 눈망울 속을 지나가듯" 스쳐간 별똥별의 상처를 품어 안고서 저 피치 못할 "오래고 오랜 밤하늘"을 묵묵히 돌고 또 도는 것뿐이다. (d)

늦은 십일월

도종환

나무 끝에 매달린 버짐나무 잎 몇 개가
콜록콜록 거리며 몸을 흔든다
십일월이면 나도 어김없이 감기에 걸리곤 한다
이십 분 일찍 강의를 끝냈다
열정이니 좌절이니 하는 말도 조금 일찍 접었다
둘째 시간이 되자 몇은 고개를 끄덕이고
몇은 끄덕이다 깜빡깜빡 졸고 한둘은 고개를 파묻었다
다음 학기부턴 그만 나오겠다고 조교에게 말해야겠다
문을 열고 나오는데 앞자리에 앉았던 학생이
선생님 너무 감동……, 하고 말하려는 순간
바람이 그 말을 가로막으며 외투 깃으로 얼굴을 덮었다
내 머리칼도 브람스의 수염처럼 흩날렸다
어디 가서 다리를 좀 쉬게 해 주어야겠다
내 속에서 불편한 얼굴로 웅크리고 있는
희망이란 이름의 끈적한 덩어리를 위로해 주어야겠다
안온한 선택보다 도전하고 깨지고 다시 시작하는
열정이 필요하단 말은 좀 무리였던 것 같다
젊은이들의 영혼은 잠 속에서도 지쳐 보였다
거리는 온통 찬바람이 뒤덮고 있는데
세상은 꼼짝도 않는데 강의실 안에서
나는 좀 과도했던 것 같다
십일월 하순은 허기보다 먼저 어둠이 온다

먼저 진 잎들이 제 몸을 발로 차며
ㅅ으로 시작하는 욕을 내뱉는 저녁의 교정
늦은 십일월은 한 시대보다 더 스산하다

(실천문학, 봄호)

이 시의 화자는 대학의 시간강사로 보인다. 아마도 시인이 대학의 시간강사로 일하던 때의 체험을 토대로 쓴 시인 듯하다. 학생들이 열정을 보이지 않으면 시간강사이든 전임교수이든 강의에 신명이 날 리 만무하다. 그래서일까. "이십 분 일찍 강의를 끝"낸 시인은 캠퍼스의 "나무 끝에 매달린 버짐나무 잎 몇 개가/콜록콜록 거리며 몸을 흔"드는 것을 보며 동질성을 느낀다. "십일월이면" "어김없이 감기에 걸리곤" 하던 자신의 모습이 떠오르기 때문이다. "둘째 시간이 되자 몇은 고개를 끄덕이고/몇은 끄덕이다 깜빡깜빡 졸고 한둘은 고개를 파묻"는다. 마침내 그는 "다음 학기부턴" 강의를 "그만 나"와야겠다고 생각한다. 학생들의 호응이 없는 강의를 하는 것은 너무 짜증나는 일이다. "문을 열고 나오는데 앞자리에 앉았던 학생이/선생님 너무 감동……, 하고 말하려는 순간/바람이 그 말을 가로막"는다. 더 이상 미련을 가져 무엇 하겠는가. 시인은 급기야 "어디 가서 다리를 좀 쉬게 해 주어야겠다"고 생각한다. 이어 제 속의 "희망이란 이름의 끈적한 덩어리"도 "위로해 주어야겠다"고 생각한다. 지쳐 있는 것은 "젊은이들의 영혼"도 마찬가지이다. "세상은 꿈쩍도 않는데 강의실 안에서" 그는 "좀 과도했던" 듯하다. "허기보다 먼저 어둠이" 찾아오는 "십일월 하순", 그가 서 있는 교정에는 "먼저 진 잎들이 제 몸을 발로 차며/ㅅ으로 시작하는 욕을 내뱉"고 있다. (b)

그에게 전화를 걸어주고 싶었다

맹문재

작업복 차림의 사내가 통화를 하다가 갑자기 울음을 터뜨리며 주저앉았다 전화기를 귀에 댄 채 아무 말도 않고 새끼를 잃은 짐승처럼 흐느꼈다 사람들이 오고가는 큰길가인데도 개의치 않고 구덩이를 팠다

부모님이 돌아가신 것일까? 회사에서 해고 통보를 받은 것일까? 동료가 안전사고를 당한 것일까? 아니면 아내가 집을 나간 것일까?

나는 사내의 울음을 친구에게 온 연애편지를 훔쳐 읽듯 들어보고 싶었다 사십대 후반으로 보이는 사내는 술에 취해 있었다 길을 가던 사람들은 보지 말아야 할 장면을 본 것처럼 뿔도 없고 가시도 없는 그를 흘끔거리며 피해갔다

사내는 어디에 구조 신호라도 보내는 듯 전화기를 꼭 쥐고 있었다

나는 누군가 그에게 전화를 걸어주면 좋겠다고 생각했다 그의 아내라면 얼마나 좋을까, 나라도 걸어주고 싶었다

나도 작업복을 입은 채 공중전화 박스 안에서 저렇게 운 날이 있었다 더도 말고 덜도 말 날을 바라는 월급쟁이들이 소 떼처럼 고향으로 몰려가는 추석 전날의 밤이었다

(서정시학, 봄호)

사랑이 많지 않은 사람은 시를 쓰기 어렵다. 사랑 중에서도, 측은 지심, 곧 차마 어찌 하지 못하는 마음이 없이 시를 쓰기는 힘들다. 이런 마음을 가리켜 불가에서는 자비의 정신이라고 한다. 길을 가고 있던 시 인, 사랑이 많은 시인은 "통화를 하다가 갑자기 울음을 터뜨리며 주저 앉"은 "작업복 차림의 사내"를 본다. 노동자일 것이 분명한 이 사내……, 사내는 "전화기를 귀에 댄 채 아무 말도 않고 새끼를 잃은 짐승처럼 흐 느"낀다. "사람들이 오고가는 큰길가인데도 개의치 않"는다. "사십대 후 반으로 보이는 사내"를 바라보며 시인은 상상한다. "부모님이 돌아가신 것일까? 회사에서 해고 통보를 받은 것일까? 동료가 안전사고를 당한 것일까? 아니면 아내가 집을 나간 것일까?" 시인은 "사내의 울음을 친구 에게 온 연애편지를 훔쳐 읽듯 들어보고 싶"어한다. "술에 취해 있"는 이 사내, "어디에 구조 신호라도 보내는 듯 전화기를 꼭 쥐고 있"는 이 사 내……, "길을 가던 사람들은" "그를 흘끔거리며 피해"간다. 시인은 이 사내가 안쓰러워 "누군가 그에게 전화를 걸어주면 좋겠다고 생각"한다. 그것이 "그의 아내라면 얼마나 좋을까" 하고 생각하기도 한다. 시인이라 도 전화를 "걸어주고 싶"어 한다. 돌이켜보면 시인도 "작업복을 입은 채 공중전화 박스 안에서 저렇게 운 날이 있"다. "월급쟁이들이 소 떼처럼 고향으로 몰려가는 추석 전날의 밤이었다". 그러니 시인이 "작업복 차림 의 사내"를 보고 동병상련의 정을 느끼는 것은 당연하다. 사랑의 마음이 많은, 측은지심으로 가득한 시인이 아니고 누가 저 사내의 아픔과 함께 하겠는가. 남(세상)이 아프니 내가 아픈 마음, 이것이 시정신의 정수(精 髓)이다. (b)

중년

문 숙

독수리가 하늘에서 잡은 먹이를 땅에 내려와 먹고 있다
날개 달린 것들도 먹을 때는 바닥에 발을 내려놓는다
날짐승 길짐승 우루루 덤비며 서로 먹겠다고 아우성이다
이게 내셔널지오그래픽이다

날개가 자유라 믿었던 적이 있었다
내 시에 새가 희망처럼 자주 등장하는 것도 그 때문이다
독수리가 머리를 처박고 불안한 자세로 되찾은 먹이를 먹고 있다
이제 상징을 고쳐 써야 할 것 같다

날거나 걷거나 높거나 낮거나
살아 있는 모든 짐승은 먹이 앞에서 고개를 숙여야 한다
음흉한 조물주가 한 가지만은 공평하게 만드신 것이다
귀밑머리 희끗희끗해지고서야 그것을 알았다

(시와사람, 가을호)

누구나 때가 되면 나이를 먹는다. 나이를 먹으며 소년은 청년이 되고, 청년은 중년이 된다. 자신이 중년에 이르렀다는 것을 자각하게 되면 누구나 인생을 되돌아보게 된다. 그런 과정에 시인은 "독수리가 하늘에서 잡은 먹이를 땅에 내려와 먹"는다는 것을 발견한다. "날개 달린 것들도 먹을 때는 바닥에 발을 내려놓는" 것이다. 그런데 바로 그때 "날짐승 길짐승 우루루 덤비며 서로 먹겠다고 아우성"을 쳐댄다. 먹이를 잡은 것은 독수리이지만 독수리는 "머리를 처박고 불안한 자세로 되찾은 먹이를 먹"을 수밖에 없다. 그러니 독수리라고, 날개가 달렸다고 자랑할 것도 없다. 먹을 때는 똑같은 것이 모든 생명의 보편적인 특징이기 때문이다. 한때는 그도 "날개가 자유라 믿었던 적이 있었다". 그가 자신의 시에 자주 새를 희망의 상징으로 등장시켰던 것도 이와 무관하지 않다. 그래서일까. 그는 "이제 상징을 고쳐 써야 할 것 같다"고 생각한다. "음흉한 조물주가" "공평하게 만드신 것", "살아 있는 모든 짐승은 먹이 앞에서 고개를 숙여야 한다"는 것을 깨달은 것이다. 중년에 이르러서야 그는 비로소 먹이를 나누어 먹는 생명의 질서를 깨닫게 된 것이다. (b)

가시

박경남

가시가 목에 걸렸다
고봉으로 담긴 시간이 정지되었다
바다를 떠난 뼈가 몸에 뿌리 내리더니
저녁이 벌겋게 부어올랐다

무심히 삼킨 고등어 한 점
그 안에 물의 뼈가 숨어 있었다니,
물속에서 자란 뼈가 급류처럼 거세다
벌컥벌컥 물을 넘기고 밥 한술 밀어 넣는다

파도에 소용돌이치던 가시
밤새 들이킨 물에 더욱 자라난 것인지
단잠을 쿡쿡 쑤셔대기 시작했다

뿌리가 깊을수록 부력도 커지는 것일까

휘감긴 무늬를 내 몸에 새기고 싶어
물소리의 파동으로
잡힐 듯 밀려가기를 반복하며
도무지 길이 열리지 않는다

통증을 다 피우기 위해 가시는 결사적이다

(시에, 겨울호)

　　물고기의 잔뼈인 "가시"는 화자의 삶에서 피하기 어려운 대상
이다. 그 대상은 쉽게 물러나지 않는다. 오히려 방해하고 음모하고 험
담하면서 다가온다. 무릇 사람들뿐인가. 폭설, 폭염, 홍수, 가뭄 같은
날씨는 물론이고 몸을 아프게 하는 병이나 늙음 등도 우리를 힘들게 한
다. 그들은 "통증을 다 피우기 위해" "결사적"으로 우리를 괴롭힌다. 그
렇다면 우리는 어떻게 대응해야 할까? 무조건 맞서서는 피를 흘릴 뿐
이고 결국 지고 만다. 따라서 상대방이 왜 방해를 하거나 피해를 주는
지 면밀하게 파악하고 적절하게 대처해야 한다. 그러기 위해서는 우선
자신을 낮추어야 한다. 자신을 낮추지 않고서는 상대방이 보이지 않는
다. 사랑하는 일도 그러하리라. ⓒ

묵비권

박권숙

황오동 고분 앞에서 길 잃어버린 시간
가을의 은닉처를 다그치다 지친 저녁
비탈진 묵묵부답에 둥근 등을 기대겠네

초로를 지난 이마 구름 몇 송이 얹고
배석한 그리움과 두 그루 느티나무
황금빛 소매를 들어 고요를 불러내고

말없음표만 술렁일 문득 낯선 죽음과
낯익은 쓸쓸함과 풀 비린내뿐인 증인
추호의 망설임 없이 모두 입을 버리겠네

(시와시, 겨울호)

죽은 자는 말이 없어 "묵비권"을 행사할 수밖에 없는데 화자는 "황오동 고분 앞에서 길"을 잃고 "가을의 은닉처"를 물어본다. 그러나 "비탈진" 길은 화자의 발걸음을 가로막은 채 "묵묵부답"이라 "둥근 등을 기대"고 잠시 쉬며 사색에 잠긴다. 굴곡 많은 인생길을 걸어와 "초로를 지난" 나그네 "이마" 위의 먼 하늘가로 흘러가는 "구름"은 그의 모습을 닮았다. 작별하고 떠나온 이들이 문득 그리워지는 화자를 대신하여 노을빛에 물든 "두 그루 느티나무/황금빛 소매"를 흔들지만 시야엔 "고요"만 가득하다. 영욕의 삶을 마감하고 "고분"만 남기고 떠난 이들은 문득 화자 자신도 언젠가 "낯선 죽음"을 맞을 수밖에 없는 존재임을 깨닫게 한다. 고분 주위의 "낯익은 쓸쓸함과 풀 비린내"가 "증인"이 되어 유한한 삶을 살다갔다는 사실을 증언할 뿐 고요는 더욱 깊어 간다. "말없음표만 술렁일" 그 엄연한 죽음 앞에서 누가 입을 열어 무슨 말을 할 수 있을까. (a)

겨울 아침

박기섭

대빗자루로 눈을 쓸어 본 이는 안다 밤새 잣눈이 내려 세속의 길이란 길을 다 끊어버린 겨울 아침, 대빗자루로 눈을 쓸어 본 이는 안다

청대숲으로도 청대숲을 흔들던 바람으로도 안 되고, 애오라지 대빗자루만이 대빗자루만이 할 수 있는 일이 세상에는, 아니 겨울 아침에는 있다는 것을

볕뉘에 성긴 턱수염이나 고르고 있을 수만은 없는, 참 말 못하게는 막막하고 막막하게는 말 못할 일이 세상에는, 아니 겨울 아침에는 있다는 것을

(시에티카, 상반기호)

먼 산에 쌓인 눈을 바라보는 것은 신비경을 보는 듯 즐거운 일이다. 그러나 "밤새 잣눈이 내려 세속의 길이란/길을 다 끊어버린 겨울 아침"에는 그런 즐거움 대신 막막함이 앞설 것이다. "청대숲으로도 청대숲을 흔들던 바람으로도" 눈이 쌓여 막힌 길을 뚫을 수 없는 노릇이다. 청대를 잘라 가지런히 묶어 "대빗자루"를 만들어 손목이 시리고 땀이 흐르도록 눈을 쓸다 보면 그 "대빗자루만이 할 수 있는 일이 세상에는" 꼭 있다는 것을 알게 될 것이다. 세속을 등진 채 푸른 죽림에 머물며 "볕뉘에 성긴 턱수염이나 고르고 있"게 고고한 것 같으나 얼마나 허하고 무책임한 자세인가. 하늘을 향하던 우듬지를 땅에 대고 쌓인 눈을 쓸어내며 길을 여는 대빗자루가 "막막하고" "말 못할 일이 세상에는" 얼마나 필요한 존재인가. 하늘로 머리를 두고 있지만 발은 세속을 딛고 살아갈 수밖에 없으니 대빗자루로, 아니 대빗자루가 되어 "참 말 못하게는 막막"한 길을 환히 열어볼 일이다. ⓐ

바다에서 일어서는 삼각파도

박무웅

도대체 너는 누구냐 아무것도 말하지 않는
서슬 푸른 눈매로 내 인생을 바라보는
수억 년 동안 일어섰다가
쓰러지는 연습을 하는 너는
바람이 에너지다 바람이 거세질수록 신명을 낸다

너의 몸짓은 살아 있음의
가장 웅변적인 외침이다 천둥번개처럼
많은 소리를 하나의 소리로 모아가는
혁명처럼 세상을 만든다

너의 에너지 속에서 나는
코끼리, 토끼, 어머니, 그리고 만물의 모습을 본다
세상을 헤쳐 나가는 내 삶의 정수리
푸른 생명으로 활활 타오르는 숲의 힘을 본다
구름과 비로 세상의 숲에
스며드는 변신을 본다

너는 내 삶의 충전기
어린 날 서울의 고층 빌딩 숲속
아득한 낭떠러지에서
먼지처럼 떨어지는 나를 위로하던 힘
이제는 이순이 넘은 나를 아름답게 보듬는 힘

아직도 칼날처럼 일어서서
내 심장에 불길을 다시 당기는 힘

지상의 모든 기억을 끌어안고
푸른 바다에서 의연하게 일어서는
도대체 너는 누구냐

(시산맥, 가을호)

이 시는 "바다에서 일어서는 삼각파도"에 대한 의미부여에 초점
이 있다. 시인이 '너'라고 부르는 "삼각파도"는 일단 자연의 한 현상으
로 보인다. 우선 그는 "삼각파도"를 "수억 년 동안 일어섰다가/쓰러지는
연습을 하는" "바람이 에너지"라고 은유한다. 하지만 좀 더 이 시를 읽어
보면 이내 이 "삼각파도"가 자연현상만을 뜻하지 않는다는 것을 알 수
있다. 그것이 "많은 소리를 하나의 소리로 모아가는/혁명처럼 세상을
만"드는 것이기도 하기 때문이다. 또한 그것은 "푸른 생명으로 활활 타
오르는 숲의 힘"으로 은유된다. 급기야 시인은 "삼각파도"를 "내 삶의
충전기"라고 명명한다. 따라서 "삼각파도"는 시인의 내면에 존재하는
어떤 에너지라고 하지 않을 수 없다. "아득한 낭떠러지에서/먼지처럼 떨
어지는 나를 위로하던 힘"이 "삼각파도"인 것이다. 그렇다. "이제는 이
순이 넘은 나를 아름답게 보듬는 힘/아직도 칼날처럼 일어서서/내 심장
에 불길을 다시 당기는 힘"이 그것이다. 따라서 "푸른 바다에서 의연하
게 일어서는" "삼각파도"는 그 자신 안에 존재하며 끊임없이 그 자신을
부추기는 어떤 꿈이라고 하지 않을 수 없다. 결국 이 시는 자신의 내부에
존재하는 들끓는 어떤 열정을 객관적으로 노래하고 있는 셈이다. (b)

친자 확인 검사

박상수

안 올 줄 알았는데 왔네?

뭐래, 영양가도 없는 저런 애가 어디서, 싫었지만 안 들린 척했어 그
래도 좋은 날, 조교 언니는 걔 이마를 손가락으로 두 번 두드려주곤 나에
게 팔을 벌렸어 나는 발바닥까지 뜨거워져서는

너무 꼬리치지는 않으면서, 선물을 건네줬어 내 세 달 페이로 초이스
한 선물, 언니는 포장을 풀면서 마침내 열려버렸지 기프트콘이나 쏘는
애들 본 좀 받지, 주위에 떠들어대며 나를 옆자리에 앉혔다 고깔모자도
씌워주었어

자그마치 일 년, 꼬박 일 년 만에 조교 언니랑 잔을 부딪쳤어 나는 몰
랐지 언니가 이 교수님 조교라는 걸, 것도 모르고 이야기를 털어놨다 털
어놓고서야 알았어 이 교수님 수업⋯ 나 혼자 플러스 점수⋯ 죽은 난쟁이
와 거미들이 가득한 풀장이다 언제까지나 막대기 던져주는 사람도 없이

나 따위, 그래 나 따위! 짝짝이 염소 눈알처럼 사방으로 내 눈을 굴리
면서 육 개월, 일 년⋯⋯ 일 년 동안 교수님 수업을 완전 뺀 뒤에야 초대
를 받았어 오늘 정도는 마셔도 괜찮잖아? 여기저기 잔을 부딪치며 점점
싱크율이 떨어졌지 언니들이 두 개로 보였다가, 세 개로 보였다가⋯ 나
는 울면서 조교 언니에게 고백을 했어

차라리 언니가 아팠으면 좋겠다고 기도했어요 그러면 내가 뭐라도 힘
이 될 수 있잖아

우리는 어울려서 더욱 마셨지 담배도 나누어 피웠다 화장실에 갔다오
니까 아까부터 나를 바라보던 영양가 없는 애가 갑자기 내 귀에 속삭였
어 우리, 그 사람 여기로 오라고 하자, 니 생일이라고,

멋대로 내 폰 사진을 구경하던 걔가 어느새 번호를 누르고 있었어 이
교수님 번호, 내 단축 다이얼 1번, 남의 엉덩이 온기가 남은 지하철 의자
에 맨살로 앉은 것처럼 나는 치밀어 올라서 소리쳤지

왜 어처구니없는 짓을 해!

가게 안의 사람들이 다 나를 쳐다봤어 아, 메달을 걸고 포토존에 서
있는 기분, 한 개를 걸어버리니까 두 개도 걸 수 있겠잖아! 그 애가 잠깐
물러섰다 조교 언니가 우리 둘을 어깨동무하며 말했지

농담이야 장난도 못 하니?

서클렌즈 세 개는 낀 것 같은
언니의 눈을 보고서야
나는 알았어
이번 검사에서 또 떨어졌다는 걸
취한 척
그대로 의자에 머리를 처박아버렸다.

(현대시, 3월호)

자본주의가 심화되어 가면서 모든 것을 손익 여부로 판단하는 가치관이 우리를 지배하게 되었다. 대학은 어떨까. 가장 순수해야 할 대학에서조차 손익 여부에 따라 친구 관계를 맺는다. 누가 더 많은 힘을 가지고 있느냐에 따라 내 편과 남의 편이 결정될 때도 있다. 이 시는 우리가 감춰두고 보기 싫어하는 그러한 순간을 여학생 화자의 시선으로 포착하여 드러낸다. 권력과 성별 관계에서 가장 약자라고 할 수 있는 여학생은 자신에게 적대적인 환경에서 어떻게 살아남아야 할까? 철저하게 따돌림을 당하던 화자는 일 년이라는 긴 시간을 거쳐 주류 무리로부터 겨우 호출을 받는다. 마지막 기회일 것이다. 세 달이나 모은 아르바이트 급료로 무리를 이끄는 "조교 언니"에게 선물을 사 간다. 그 무리 속에서는 끝까지 철저하게 자신의 내면을 감추고 상대에게 자신을 내맡겨야 인정을 받지만 화자는 결국 시험에 통과하지 못한다. 감춰둔 진심이 공개되는 순간 "친자 확인 검사"에서 탈락하고 마는 것이다. 연극 배우가 과장된 연기를 하듯 천연덕스럽게 행동을 잘하던 화자의 마지막 전략이 우스꽝스럽고 씁쓸하다. 내면을 진실하게 나눌 사람이 사라지고 허위의 탈을 써야 하는 시대의 풍조가 비극적이다. (a)

유월 소낙비

박성우

청개구리가 울음주머니에서 청매실을 와다글와다글 쏟아낸다

청개구리 울음주머니에서 닥다글닥다글 굴러 나오는 청매실,

소낙비가 와다글와다글 닥다글닥다글 와다글닥다글 자루에 담아간다

(현대시학, 7월)

청신하면서도 유쾌한 시이다. 일 년 중 가장 싱싱한 계절인 유월의 정취가 물씬 풍긴다. 이 시의 주된 색조는 단연 청색이다. 동양권에서 청색은 녹색을 두루 포함해서 쓰는 말이다. 청개구리의 색이나 청매실의 색 모두 실은 녹색에 가깝지만 오랫동안 관습화된 색감이 단어 자체에 이미 굳어져 있다.

이 시에서 시각적 이미지보다 더 강한 것은 청각적 이미지이다. 모든 행이 시끌벅적한 소리로 넘친다. 한 행을 한 연으로 처리하여 확장된 공간 가득 소리가 울려 퍼지는 효과가 크다. 소리들은 비슷하지만 또 조금씩 다르다. 청개구리는 "왁다글왁다글"거리고, 청매실은 "닥다글닥다글"거리고, 소낙비는 "왁다글왁다글 닥다글닥다글 왁다글닥다글"거린다. 문명화와 반비례해서 청각적 능력은 많이 퇴화되었다지만 이 시에서는 선명하게 그 감각을 일깨운다. 비가 오면 유난히 시끄러워지는 청개구리 소리와 아직 단단한 청매실이 소낙비에 떨어지는 소리가 생생하다. 소낙비는 한바탕 소란스러운 북새통에 이 많은 소리들은 자루 가득 담아간다는 상상도 재미나다.

유월 소낙비가 쏟아지는 순간의 정경이 서라운드 오디오와 함께 펼쳐진다. 생동하는 자연의 느낌이 고스란히 전달된다. (d)

소금꽃나무 *

박정원

허공인데

둘러봐도 낭떠러지뿐인데

절벽을 치며 어둠뿐인 어둠을 헤치며

걷지도 못하면서 날 수도 없으면서

점점 어두워오는데 얼어붙기만 하는데

뼛속까지 드러낸 바람으로 숭숭 뚫린 뼈마디로

얼음꽃 빙빙(氷氷) 나무나무 가지가지

눈물방울 맺혀가며 뚜욱뚝 떨쳐주며

일어설 듯 주저앉을 듯 호롱불빛,

꽃기둥 정수리에서 저 홀로 숨을 쉬네

* 김진숙 산문집.

(애지, 가을호)

시인은 시에 주석을 덧붙여 비정규직 노동자의 아픈 현실을 알리기 위해 높은 크레인 위에서 저항한 '김진숙'을 그리고 있다. 사방이 "허공"이요 "낭떠러지뿐인" 그곳은 "걷지도" "날 수도 없"는 그가 속한 소외된 채 억압을 당하는 계층의 위태로운 현실을 암시한다. 생활 이전에 생존조차 어려운 그 현실 속에서 그는 자신을 둘러싸는 "절벽을 치"고 "어둠을 헤치며" 벗어나려 한다. 그러나 주위에 점점 어둠이 짙어지고 냉기를 더하며 거세지는 바람은 그를 "얼어붙"게 한다. 그러한 극한적인 상황에 매몰되지 않고 뼈를 찌르듯 부는 삭풍에 "숭숭 뚫린 뼈마디"로 "얼음꽃"을 피운다. 두 눈 맺힌 소금처럼 짠 눈물방울, 그 '소금꽃'을 어둠과 추위에 갇힌 이들에게 떨쳐주는 그는 "소금꽃나무"라 해도 될 것이다. 바람이 불어 꺼질 듯 말듯, "꽃기둥 정수리에서 저 홀로 숨을 쉬"는 "호롱불빛"은 시대의 어둠을 밝히고 봄을 불러올 것이다. (a)

쓸쓸한 오늘

박종국

개다리소반 하나 놓고 밥을 먹는 동안
온 가족이 밥상머리 둘러앉아
숟가락 젓가락 부딪치는 소리
웃고 울던 기억 새록새록 남다르다
때가 되어도 오지 않던 아버지보다
아버지가 오실 때까지
밥상을 차리지 않던 어머니가 더 밉던
철부지 어제의 내가 생각나 빙긋 웃는다.
병아리 같은 주둥이 내밀며 삐약거리던,
그 밥상머리, 어느 것 하나
나를 키워내지 않은 것이 없는
훈훈한 입김, 사는 동안
내 숨결 고르게 만든 것이 있다면
저 훈훈한 입김일 거라는 생각이 든다
살아갈 세상을 받아드리는
세상 복판을 향해 내딛는, 팍팍한 발길
한 걸음 한 걸음 힘차게 내딛게 한 것도
훈훈한 입김 안에서 일어나는 일이다.
그날의 감싸고 감싸는 따스함이
나를 살려내는 힘이다.
알지 못하는 사이 무럭무럭 자라는
살아내는 힘이란, 이렇듯
아주 가까운 곳에 멀리 있다 ·
멀지않은 그곳이 멀리 있어 쓸쓸한 오늘이다

(애지, 여름호)

시인은 지금 혼자 "개다리소반 하나 놓고 밥을 먹"고 있다. 청승맞게 혼자 밥을 먹고 있다니! 혼자 밥을 먹는 사람은 시인이 아니면 노동자라는 말도 있는데……. 시인은 이내 "온 가족이 밥상머리 둘러앉아/숟가락 젓가락 부딪치는 소리"를 떠올린다. "웃고 울던 기억"을 떠올린다. 생각하면 "새록새록" 그리운 것이 있다. 시인은 "아버지가 오실 때까지/밥상을 차리지 않던 어머니가" 아버지보다 더 밉던 철부지 시절이 "생각나 빙긋 웃"기도 한다. 돌이켜 보면 "병아리 같은 주둥이 내밀며 삐약거리던,/그 밥상머리, 어느 것 하나" 그를 "키워내지 않은 것이 없"다. 말하자면 그는 지금 밥상머리 교육의 중요성에 대해 생각하는 것이다. "사는 동안" "내 숨결 고르게 만든 것이 있다면/저 훈훈한 입김일 거라는 생각"을 하는 것이 그이다. 세상을 향한 "팍팍한 발길/한 걸음 한 걸음 힘차게 내딛게 한 것도" 저 "훈훈한 입김 안에서 일어나는 일이"다. 하루하루를 바르게 "살아내는 힘이란, 이렇듯/아주 가까운 곳에 멀리 있"는 것이다. 이처럼 그는 밥상머리 교육이, 밥상머리의 "감싸고 감싸는 따스함이" 그를 "살려내는 힘이"라고 생각한다. 하지만 이제 그는 당시의 따스한 밥상머리로부터 깊이 소외되어 있다. 자식들 중 누구 하나 그와 밥상머리를 함께 하려 하지 않는다. 혼자 "개다리소반 하나 놓고 밥을 먹"으면서 밥상머리 교육의 의미를 말하기는 힘들다. 그래서 그는 지금 "숟가락 젓가락 부딪치는 소리" 즐겁던 "멀지않은 그곳이 멀리 있어 쓸쓸"해하고 있다. (b)

장례집행자

박주택

장례집행자는 시신에 화장을 하고 있었다 침묵이 무겁게 가라앉고 언제든지 흐느낌은 냉동 시신을 녹일 준비를 하고 있었다 짐승 가죽처럼 노란 얼굴, 서늘하게 풍겨 나오는 잎사귀, 희미한 촉감, 이제 떠난다면 무서운 귀신으로 남을 것인 영혼, 루즈로 입술을 덧칠하고 검은 눈썹을 그리는 장례집행자는 채광창을 뚫고 들어오는 햇살에 반이 환해졌다 바닥을 핥으며 비로소 자신이 되는 것, 죽기 전에 기다리고 있는 자신과 만나게 되는 것, 구부정하게 숙여 거즈로 얼굴을 닦아내는 장례집행자의 눈빛에서 등을 돌리는 창문들, 파르르 떨다 깃털로 가라앉는, 수북한 찰기 잃은 기억의 곤죽들, 어느덧 시신은 자신으로 바뀌어 시트 위에 창백하게 누워 있다 시신을 바라보는 자들, 장례집행자의 손에 두 다리도 묶이고 손도 가지런히 묶인 채 입을 틀어막은 거즈에 숨이 막히는 듯 이제는 참을 수 없다는 듯 노란 짐승가죽 속을 서둘러 빠져 나온다

(문학과사회, 여름호)

이 시의 제목이기도 한 "장례집행자"의 순 우리말은 염장이다. 염장이는 "염습(殮襲)을 업으로 삼는 사람"이라는 뜻을 갖고 있다. 염습은 "죽은 사람의 몸을 씻긴 뒤 화장을 하고, 옷을 입히고, 염포로 싸는 일"을 가리킨다. 이 시의 첫 문장은 장례집행자의 바로 이런 업을 그리고 있다. "장례집행자는 시신에 화장을 하고 있었다"라고 시작하고 있기 때문이다. 하지만 이 시의 시적 대상이 장례집행자의 행위에만 한정되어 있는 것은 아니다. 장례집행자가 염을 하는 과정을 전지적 시점으로 드러내고 있는 것이 이 시라는 얘기이다. 그렇다. 이 시는 시신의 모습을 대상으로 삼을 때도 있고, 가족들의 외면과 내면을 대상으로 삼을 때도 있다. "흐느낌은 냉동 시신을 녹일 준비를 하고 있었다"와 같은 구절은 가족들의 외면과 내면을 조명하고 있다. "짐승 가죽처럼 노란 얼굴" "이제 떠난다면 무서운 귀신으로 남을 것인 영혼" 등은 시신을 대상으로 삼고 있다. 하지만 이 시의 초점이 장례집행자에게 있는 것만은 분명하다. 기본적으로는 이 시의 초점이 "거즈로 얼굴을 닦아내는 장례집행자"에게 있다는 뜻이다. 장례집행자의 노동은 이 시에서 매우 엄숙하고 장엄하게 그려져 있다. 그래서일까. 엄숙하고 장엄한 노동은 장례집행자로 하여금 시신과의 동일시를 느끼게까지 한다. 어느덧 "자신으로 바뀌어 시트 위에 창백하게 누워 있"는 것이 시신이기 때문이다 시신과 동일시되는 것은 장례집행자만이 아니다. "시신을 바라보는 자들" 또한 "장례집행자의 손에 두 다리도 묶이고 손도 가지런히 묶"여 있는 듯 느끼기 때문이다. "참을 수 없다는 듯 노란 짐승가죽 속을 서둘러 빠져 나"오는 것이 그들이지만 말이다. 따라서 이 시는 장례집행자를 비롯한 구성원들 모두와 시신이 동일시되는 그로테스크한 상황을 그려내는 데 시인의 의도가 있다고 할 수 있다. (b)

우리들의 등

박현수

제 손에 닿지 않는 등이 있어
아들과 나는
동네 목욕탕에 가는 것이다
아버지도 스스로 할 수 없는 게 있다는 것이
아들에게는 위로가 되고
아들에게도 제 손길이 필요할 때가 있다는 것이
아버지에게는 위안이 되는 시간
손닿지 않는 그 먼 곳에
남이 읽어서는 안 될
무슨 운명이라도 적혀 있다는 듯이
한 글자씩 짚어가며 읽어줄
피붙이가 필요하다고
때밀이수건을
등 뒤로 건네고 건네받는 것이다

제 손이 닿지 않는 등이 있어
아들과 나는
따뜻한 안개 속에 순한 짐승이 되어
서로에게 등을 맡기고 맡는 것이다

(포엠포엠, 여름호)

　　"우리"라는 의식의 근간은 가족이다. 물론 친구 간이나 스승과 제자나 동호인들 사이에서도 우리 의식은 이루어진다. 그렇지만 부모와 자식이 만들어가는 우리 의식은 훨씬 본질적이다. 그리고 "제 손에 닿지 않는 등"을 "서로에게" "맡기고 맡"을 정도로 헌신적이다. 목욕탕에서 부모와 자식이 자신의 등을 "순한 짐승이 되어" 맡기고, 또 정성껏 씻겨주고 있는 모습은 얼마나 따스하고도 숭고한가. 서로에게 위로와 위안을 주는 행동을 통해서 우리 의식은 나무의 나이테처럼 견고해지는 것이다. 우리 의식을 가족 이기주의로 간주해서는 안 된다. 우리 의식은 자신의 이익을 추구하는 것이 아니라 상대를 이해하고 배려하고 양보하고 포용하는 것이다. 사랑을 받으려고 하는 것이 아니라 사랑을 주려고 하는 것이다. ⓒ

자전거 타고 방 보러 간다

박형권

자전거 타고 방 보러 간다
장마전선이 물폭탄을 쏟아부은 동네의
자작한 하수도를 따라
늘 곰팡이가 솟아오르는 우리의 정오(正午)를 지나서
나팔꽃 아래 듬성듬성 파인
골목으로 들어선다
비가 새지 않으면 방이 아니라고 믿는
공인중개사의 늙수그레한 자전거가 앞장을 서고
딸 자전거를 타고 나온 비옷 같은 아내가 그 뒤를 따르고
나는 아내의 젖은 꼬리를 물고
아직은 종아리가 단단한 페달을 밟는다
이 서울의 지표면에는
창틀이 마당과 맞물린 우리의 꿈을 품어주려고
축축하게 젖어서 기다려주는
반지하 단칸방이 있어
우리의 미래는 송이버섯처럼 번창하리
보증금 삼천오백만원은 우리 생명보다 소중하여
왼쪽 가슴에 단단히 찔러넣고 두근두근 돈이 심장소리를 들을 때
자전거 타고 방 보러 간다
대체 어디서 자고 무엇을 먹기에 그렇게 끈질기게 살아남는지
참새들이 골목에 나와 고단한 날개를 말린다
언젠간 바퀴를 크게 저을 수 있지만 오늘은 기어를 저속에 놓고

우린
자전거 타고 방 보러 간다
우리 네 식구가 냄새를 풍기며 구더기처럼 꼬물거릴
그 기도(祈禱)를 찾아서

(창작과비평, 봄호)

이 시에 등장하는 자전거는 산악자전거나 경기용 바이크가 아니라 서민들의 운송수단인 생활용 자전거다. 오늘날 도시에서 이런 생활용 자전거를 운송수단으로 사용하는 사람들의 경제적 형편은 따로 설명할 필요가 없다. 하여튼 시인은 지금 이 시에서 이런 "자전거 타고 방 보러 간다". "장마전선이 물폭탄을 쏟아부은 동네의" "나팔꽃 아래 듬성듬성 파인/골목으로 들어"서고 있다. 이 동네에서 공인중개사는 "비가 새지 않으면 방이 아니라고 믿는"다. 이처럼 가난한 골목에서 방을 얻기 위해 시인과 시인의 아내와 딸, 그리고 공인중개사는 자전거를 타고 나선다. 이렇게 나선 시인과 그의 가족이 얻으려고 하는 방은 "창틀이 마당과 맞물린", "축축하게 젖"은 "반지하 단칸방이"다. "생명보다 소중"한 "보증금 삼천오백만원"의 이 단칸방에 살며 그는 "우리의 미래는 송이버섯처럼 번창하리"라고 희망한다. 그들이 가는 길에는 "어디서 자고 무엇을 먹기에 그렇게 끈질기게 살아남는지/참새들이 골목에 나와 고단한 날개를 말린다". 필자에게 이런 장면은 무엇보다 신혼시절을 떠올린다. 자전거를 타지는 않았지만 전세로 연립주택 반지하실을 얻으려 나선 적이 있기 때문이다. 그때는 필자도 "우리의 미래는 송이버섯처럼 번창하리"라고 믿었다. (b)

겨울 갈대밭

박형준

겨울 갈대밭에 갈대들은 서로의 몸 비비다 지쳐서 운다
울음이 커질 때마다 서로를 더욱 휘감으며
엎어지는 갈대들
무릎이 깨진 아이가 시뻘건 피를 보고
우와 우와 울 듯이
그러다 보는 사람이 아무도 없다는 것을 깨닫고
쓱 눈밑을 닦고 씩씩하게 걷듯이
피 한 점 허공에 찍으며
일어나는 갈대 갈대 갈대 갈대
울음이 커질 때마다 서로를 더욱 휘감으며 엎어지는
겨울 갈대밭

(미네르바, 봄호)

웃음도 그렇지만 울음은 전파력이 강하다. 누군가 곡을 시작하면 약속이나 한 듯이 울음이 터진다. 무리를 지어 우는 모습은 좀 심란하긴 하나 외로워보이지는 않는다. 함께 우는 자들이 있다면 상당한 위로가 될 것이 분명하다.

갈대에 대해서 사람들은 어김없이 울음을 연상한다. 바람에 흔들리며 웅웅대는 소리하며 가냘픈 줄기와 푹 수그린 고개가 영락없이 우는 모습이기 때문이다. 이 시에서도 겨울 갈대밭에서 갈대들의 울음을 떠올리고 있다. 몸을 비벼대고 서로를 휘감으며 울고 있는 모습은 집단적인 통곡과 흡사하다. 울음이 울음을 일으켜 상승작용이 일어난다. 경쟁이라도 하는 듯 자지러지게 울다가도 언제 그랬냐는 듯 일시에 잦아드는 이런 울음을 이 시에서는 피에 놀란 어린아이의 울음에 비유한다. 주위의 호응이 있어야 더 신나게 울어 젖히는 어린아이들처럼 갈대들도 한바탕 울다가는 또 아무 일 없다는 듯 일시에 잠잠해진다. 겨울 갈대밭의 갈대들이 보여주는 변화무쌍한 울음의 경연을 바로 눈앞에서 보는 듯하다. (d)

빈곳

배한봉

암벽 틈에 나무가 자라고 있다. 풀꽃도 피어 있다.

틈이 생명줄이다.

틈이 생명을 낳고 생명을 기른다.

틈이 생긴 구석.

사람들은 그걸 보이지 않으려 안간힘 쓴다.

하지만 그것은 누군가에게 팔을 벌리는 것.

언제든 안을 준비 돼 있다고

자기 가슴 한쪽을 비워놓은 것.

틈은 아름다운 허점.

틈을 가진 사람만이 사랑을 낳고 사랑을 기른다.

꽃이 피는 곳.

빈곳이 걸어 나온다.

상처의 자리. 상처에 살이 차오른 자리.

헤아릴 수 없는 쓸쓸함 오래 응시하던 눈빛이 자라는 곳.

(시안, 여름호)

이 시의 중심대상은 "빈곳"이다. 이 시에서 "빈곳"은 "틈"이라고 불리기도 한다. 뿐만 아니라 "틈"은 구석이라고, "비워놓은" 곳이라고 불리기도 한다. 비워놓은 곳이라는 점에서 "빈곳"은 색(色)이 아니라 공(空)이다. 물론 이는 불교식으로 표현한 것이다. 노장(老莊)식으로 표현하면 계곡(溪谷)이 "빈곳"이 된다. 『도덕경』 제6장에서 곡신불사(谷神不死)라고 할 때의 '곡(谷)' 말이다. 마침내 시인은 빈곳에, 곧 "암벽 틈에 나무가 자라고 있다"고 노래한다. 뿐만 아니라 그는 틈에 "풀꽃도 피어 있다"고 말한다. "틈이 생명줄이"기 때문이다. 그렇다. "틈이 생명을 낳고 생명을 기른다". 하지만 "틈이 생긴 구석", "사람들은 그걸 보이지 않으려 안간힘을 쓴다". 하지만 틈은, 곧 구석은 "누군가에게 팔을 벌리는 것"이기도 하다. "언제든 안을 준비 돼 있"는 것이 틈이고, 구석이라는 점을 간과해서는 안 된다. "자기 가슴 한쪽을 비워놓은 것", 곧 "틈은 아름다운 허점"이다. "틈을 가진 사람만이 사랑을 낳고 사랑을 기른다"는 사실을 기억할 필요가 있다. 생명은 언제나 틈에서, 빈곳에서, 곧 계곡에서 태어나고 자란다는 것을 염두에 두어야 한다. (b)

새의 팔만대장경

서안나

합천 해인사 팔만대장경 경판은 무르나 단단했다 나무를 바닷물과 뻘
밭에 묻어 결을 달랜다고 했다 나무의 습성을 내려놓는 치목(治木)이라
했다

겨울 천수만의 새들도 부드러우나 단단했다 뻘밭에 고개를 박은 새에
게서도 산벚나무 냄새가 났다 주둥이부터 꼬리까지 옹이가 없는 둥근 선
을 지녔다

새가 새를 끌고 날아오르는 것은 몸 안의 팔만 사천 자를 구름에 적는
순간이다 서둘러 날아올라도 새는 뒤틀리거나 부러지지 않는다 경판과
경판 틈새 바람이 잘 통하였다 새의 모퉁이가 상하지 않는다

팔만대장경을 읽는 데 30년이 걸린다고 했다 물속의 젖은 부처가 손
을 내밀어 내 몸의 비린 경판을 읽는 것이 한 생이라면 사랑은 여기까지
다 내 몸 가득 쓰인 육필 경전 부드러우나 단단했다

(유심, 1-2월호)

작품의 화자는 "합천 해인사 팔만대장경 경판"과 "겨울 천수만의 새들"에게서 "부드러우나 단단"한 면을 발견하고 있다. 그와 같은 면은 오랜 세월 동안 이어져 이제 얼굴로 되어 있다. 부드러움이 지속되려면 단단함을 가져야 하고, 단단함이 지속되려면 부드러움을 가져야 한다. 화자는 대장경의 경판과 새들에게서 그와 같은 면을 발견하고 당신과의 "사랑"도 그렇게 되길 바라고 있다. 부드러움과 단단함 어느 한쪽으로 기울지 않고 "틈새 바람이 잘 통하"는 당신을 기대하고 있는 것이다. 상대방을 소유하려 들면 "사랑"은 상처 나기가 쉽고, 상대방에게 무관심하면 "사랑"은 썩기 쉽다. "사랑"은 부드러우면서도 단단한 "육필 경전" 같은 것! 우리가 그것을 깨닫는 데는 적어도 "30년"이 걸린다. (c)

장대높이뛰기 선수의 고독

손택수

착지한 땅을 뒤로 밀어젖히는 힘으로 맹렬히 질주를 하던 그가

강물 속의 물고기라도 찍듯.

한 점을 향해 전속력으로 장대를 내리꽂는 순간

그는 자신을 쏘아올린 지상과도 깨끗이 결별한다

허공으로 들어올려져 둥글게 만 몸을 펴올려 바를 넘을 때,

목숨처럼 그러쥐고 있던 장대까지 저만치 밀어낸다

잘 가라 결별은 그가 하늘을 만나는 방식이다

그러나 바 위에 펼쳐진 하늘과의 만남도 잠시,

그의 기록을 돋보이게 하는 건 차라리 추락이다

추락이야말로 어쩌면 모든 집중된 순간 순간들의 아찔한 황홀

당겨진 근육들이 한 점 망설임 없이 그는 응원할 때

나른하던 공기들도 칼날이 지나간 듯 쫙 소름이 돋는다

뜨거운 포옹과 날렵한 결별 속에서 태어나는 몸

사랑에도 근육이 필요하다면 나는 기꺼이 장대높이뛰기 선수가 되겠다

출렁, 깊게 패이는 매트를 향해 끝없이

자신을 쏘아올려야 하는 자의 고독이 장대를 들고 달려간다

폭발하는 한 점 한 점 딱딱하게 굳은 바닥에 물수제비 물결이 인다

(열린시학, 겨울호)

장대높이뛰기는 엔진 없이 인간이 가장 높이 뛰어오를 수 있는 방법이 아닐까? 인간의 욕망과 한계가 극명하게 교차하는 장대높이뛰기는 그래서 더욱 특별한 매력으로 다가오는 것 같다. 스타트와 가속, 차오르기, 도약, 클리어로 이루어진 이 경기는 전 과정이 극적으로 구성되어, 짧지만 강렬한 드라마를 연상시킨다. 이 시에서는 장대높이뛰기의 동작을 슬로우비디오처럼 펼쳐보이면서 그 사이사이에 서정적 의미들을 부가한다. 장대높이뛰기의 절정에 해당하는 것은 뭐니 뭐니 해도 역시 차오르기와 도약의 순간일 것이다. 장대를 내리꽂고 도약하는 순간 그는 지상을 벗어나 가장 높이 날아오른다. 이 순간에는 지상과의 유일한 연결고리인 장대마저도 내던지고 온전히 하늘에 자신의 운명을 맡긴다. 아마도 이 순간의 특별함 때문에 선수들은 수없이 자신의 몸을 허공에 내던지는 것이리라. 장대높이뛰기에서 절정은 곧바로 결말로 이어진다. 이 시에서는 이 추락의 과정을 더욱 황홀한 것으로 그리고 있다. 추락의 공포와 매혹에 이어, 매트가 온몸을 받아내는 순간을 "뜨거운 포옹과 날렵한 결별"로 묘사한다. 사랑으로 치자면 매우 강렬하고 극적인 사랑에 가깝다. 매 순간 자신의 한계에 도전하고 극적인 도약과 추락을 경험해야 하는 장대높이뛰기 선수의 단련된 근육, 이 시의 화자는 그러한 근육만이 감당할 만한 특별한 사랑을 꿈꾼다. 매번 솟구쳐 오르는 그 높이만큼 까마득한 고독을 감내해야 하는 그 지난한 사랑을. (d)

바람

손한옥

멈추지 않고 흔들릴 것이다
불혹이라 불렀던 오만한 벚꽃의 날개를 찢듯이
일천구백 년 설유화가 취했던 마티니 향을 날리듯이

리듬 따라 춤출 것이다
살구꽃을 피우듯이 치자꽃을 지우듯이
강물을 밀고 바다를 밀어 올릴 것이다

고통 없기를 바라지 않을 것이다
이따금, 순한 노루가 되고 싶은 날과
양날의 혀를 가진 독사가 되고 싶은 날을 생성이라 여길 것이다

나는 불타는 집에서 너울거리는 바람
지상에서 가장 깊이 숨은 바람, 13월 바람이다
전생을 고요하게 격렬하게 타오르는 불꽃이다

황홀한 흔들림은
나를 떠받치고 있는 온전한 균형
바람, 유연한 내 뼈의 정체다

(현대시학, 5월호)

작품의 화자는 자신을 "바람"이라고 밝히고 있다. 그리하여 자신의 신분대로 "멈추지 않고 흔들릴 것"이고, "춤출 것이"고, "살구꽃을 피우"고 "강물을 밀고 바다를 밀어 올릴 것"이라고도 말한다. 화자는 자신이 "불타는 집에서 너울거리는 바람"이라고도 소개하고 있다. "집"이라는 공간 속에서 자신의 욕망을 추구하고 있는데, 결국 자신을 감금하는 "집"에 반항하고 있는 것이다. "집"이란 사람들이 들어 사는 건축물을 상징할 수 있지만 범주를 넓히는 것이 필요하다. 즉 집처럼 견고하게 제자리를 지키고 있는 우리 사회의 윤리, 제도, 관습, 법, 단체 등을 상징하는 것이다. 시인이란 이와 같인 수구적인 대상에 대항하는 "바람" 같은 존재이다. 그중에서 화자는 어느 것에 격렬하게 저항하고 있는 것인가? 시인에게 답을 찾기보다 우리 스스로 찾아야 할 것이다. (c)

마지막 잎새

송경동

오 헨리의 「마지막 잎새」나
「노란 손수건」을 읽던
어린 시절은
행복했었다

내가 혹 다시
4년의 옥살이를 마치고 돌아오는 빙고나
폐병으로 말라가는 존즈가 되더라도
누군가 한 사람쯤은 날 위해
노란 손수건을 걸어주거나
마지막 잎새를 그려줄지도 모른다는 희망

어른이 되면서
그렇게 수많은 마지막 잎새들과
노란 손수건을 볼 수 있었던 건
행운이었다

신촌 로타리에서
동대문에서 광화문 네거리에서
군부독재 타도 민중권력 쟁취
가자 북으로 오라 남으로를 외치며
수없이 펄럭이던
노란 손수건들

공장 창문에 매달려 펄럭이던
철거촌 망루 창가에 펄럭이던
한강철교 위거나 크레인이거나
CC카메라탑 위에서 펄럭이던
마지막 잎새들

그리곤 오늘 다시
비정규직 철폐를 외치며
울산 태화강변 현대자동차 정문 앞 송전탑 위에
올라가 있는 사람들이 있다

그때마다 나는 다시
어린 소년이 되어 간절히 기도하곤 한다
떨어지지 마요
당신은 우리 모두의 마지막 잎새
포기하지 말아요
곧 수많은 노란 손수건들이
저 거리에서 펄럭일 거예요

(현대시, 12월호)

작품의 화자는 "마지막 잎새"를 구하기 위해 "노란 손수건"을 흔들고 있다. 독자들에게도 함께 흔들어주면 좋겠다고 호소한다. "노란 손수건"에서 노란색의 의미는 역동성과 창의력이 발휘되어야 하는 우리 시대에는 중요하다. 노란색은 햇빛에 가장 가까운 색이다. 그리하여 긍정, 명랑, 기쁨, 쾌활함, 활동성, 희망 등을 상징한다. 편안함과 따뜻함을 주면서도 새로움과 즐거움과 놀라움을 주는 것이다. 작품의 화자는 "비정규직 철폐를 외치며" "송전탑 위에/올라가 있는 사람들"을 위해 그 "노란 손수건"을 흔들고 있다. 민주화 운동의 역사적 체험을 품고 있기에 뜻이 이루어질 것이라고 희망한다. 그리하여 "마지막 잎새"에게 떨어져서는 안 된다고, 포기해서는 안 된다고 호소하고 있다. 이와 같은 모습에 우리는 어떻게 반응하고 있는가? (c)

천국의 문(門)

송계헌

참예수교회 옆에 천국 PC 방
벽 하나를 사이에 두고 어떤 문으로 들어가야 할지
참 천국으로 향하는 입구를 알지 못하네

교회 속에 세들어 사는 천국
천국 속에 세들어 사는 PC 방
아니면 아예 천국이란 방은 없는 것인지

나는 파지 뿐인 시의 원고를 수레에 싣고
천국의 반대편에 서 있는 것인지
천국 강을 건너지 못하는 것일지

찬 빗방울 몇 날 흉터처럼 고여 오는 일요일 밤

읽히지도 않는 시를 쓴 죄, 흰 꽃타래로 흔들리며 밤을 건너지 못한 죄
이토록 무거워
천상과 지상의 입구를 허둥거리며
불안의 보행을 절뚝이고 있는가

사악한 뱀의 꼬리를 잡고 세상의 그늘을 두드리던
내 안의 나는 어느 문턱도 넘지 못하는데

도화 밭을 건너는 입구이자 출구인 천국의 문 앞을 서성이는

(시와경계, 봄호)

하필 "참예수교회 옆에 천국 PC 방"이 자리를 잡고 있는 것일까. 그 간판을 보며 시인인 화자는 천국으로 가는 입구를 찾는다. 교회 속에 천국이 세들어 살고, 천국 속에 PC 방이 세들어 산다면 가까이 "천국이란 방"이 있을 법도 하다. 그러나 화자는 PC 자판을 두드려 쓴 "파지 뿐인 시의 원고를 수레에 싣고" "천국으로 향하는 입구를" 찾지 못하고 헤맬 뿐이다. 자신이 받은 상처의 "흉터"를 헤아리듯 "찬 빗방울"만 내리는 일요일 밤의 어둠 속에서 "읽히지도 않는 시를 쓴 죄"로부터 구원받기 위해 "천상과 지상의 입구를 허둥거리"고 있다. "흰 꽃타래"를 푸는 듯 눈이 내리는데 "불안의 보행을 절뚝이고" 자신의 시 쓰기가 PC 방에서 행해지는 놀이에 불과한 것이 아닌가 하고 반문해 보는지도 모른다. 더욱이 "사악한 뱀의 꼬리를 잡고 세상의 그늘을 두드리던" 자신의 내면을 돌아보며 천국으로 들어가는 문턱을 넘으려 애쓰던 화자의 겸손과 치열함이 오히려 아름답게 느껴진다. 그런 시인은 "천국의 문 앞을 서성이는" 중이지만 분명히 시 쓰기를 통하여 "도화 밭을 건"널 수 있을 것 같다. (a)

벙어리매미

송영숙

전생에 나는 백제금동대향로의 다섯 악사 중 배소를 불던 주악상이었다

어쩌다 속 깊던 한 사내를 몰래 가슴에 두었다가 그를 위해 연주한 것
이 발각되어 쫓기듯 나와 지금 여기 허름한 나무의자에 기대 있는 것이다

그러다 단 한 번도 나팔을 불어 본 적 없는 나팔꽃
하늘 한 번 올려다 본 적 없는 엔젤트럼펫처럼
꿈인 듯 생시인 듯
슬퍼도 소리내어 울 수 없게 된 벙어리매미

사랑에 눈멀었던 악사들이 인연의 줄을 끊고
소리를 허락받는 날이면
사람들은 지상에서 가장 슬픈 교향악을 듣게 될 것이다

당신은 모른다. 내가 밤낮 잘도 웃지만 돌아서서 한 번씩 크게 울기도
한다는 것을, 울면서 새끼손가락으로 양쪽 귀를 피가 나게 파 보기도 한
다는 것을

(시문학, 12월호)

화자는 전생에 천 년을 흙 속에 묻혀 있다가 발굴되어 빛을 본 "백제금동향로"에 새겨진 "배소를 불던 주악상"이었다고 한다. 그러한 시인의 역사적 상상력은 자신의 실존에 대한 의식으로 바뀌며 가슴에 품어 두었던 사내를 위해 "연주한 것이 발각되어" "지금 여기 허름한 나무의자에 기대 있는" 자신을 발견한다. 그리고 그러한 자신을 제대로 기능을 발휘하지 못한 "나팔꽃", "엔젤트럼펫", "벙어리매미"에 비유한다. 그렇게 자신의 욕망을 억압해야 하는 까닭은 "사랑에 눈멀었던 악사들" 처럼 "인연의 줄"을 맺었기 때문이다. 즉 대상과의 관계를 유지하기 위해 "소리"를 허락받지 못한 채 "슬픈 교향악"을 가슴에 묻어 두었던 것이다. 현실에 존재한다는 것은 타자들과 관계를 맺는 것이며, 그러기 위해서는 자아와 이질적인 욕망을 따를 수밖에 없었던 것이다. 그래서 화자는 겉으로는 "잘도 웃지만" 속으로는 "크게 울기도" 하면서 이명처럼 들려오는 자신의 참된 욕망이 내는 소리를 듣기 위해 "양쪽 귀를 피가 나게 파 보기도 한다". (a)

메아리

송재학

인적 없는 벌거숭이 민둥산에게도 메아리가 있다 천 개의 메아리가
깃든 목울대를 찾는다면 그늘 쪽이다 눈썹 찡그린 메아리가 병치레 같은
파스텔을 칠하는 메아리, 근심을 떠나지 못하는 메아리의 실랑이를 만나
기도 한다 그림자 없는 메아리에게도 비로드의 대구(對句)가 있다 응달에
서 웃자라는 풀잎들이 목쉰 채 서걱이며 메아리의 후렴 부분을 도운다
메아리는 그림자 없는 나비의 날개처럼 부표가 없는 음각이어서 쉬이 잡
히지 않는다 민둥산 메아리를 애써 찾는 사람은 표정이 밝지 않다 그가
메아리의 주인은 아니지만 메아리의 단파 주파수는 아직 널리 알려지지
않았다 메아리 라디오에 귀 기울이며 산을 오르는 사람들에게 이명은 흔
하디 흔하다

(시인수첩, 가을호)

메아리가 산울림으로 음원과 반향면 사이에서 일어나는 음향현상이라는 과학적 사실이 확연해졌다고 해서 메아리가 일으키는 이러저러한 상상들이 반감되지는 않는다. 형상은 없고 소리로만, 그것도 원음과 달라져 괴이하게 들려오는 메아리는 호기심을 불러일으키기에 충분하다. 이 시에서 메아리는 우울하고 병적인 느낌을 준다. 메아리의 목울대는 그늘 쪽이고 병색이 짙은 소리를 내며 근심으로 가득 차 있는 것으로 묘사된다. 간간이 메아리에 섞여서 들려오는 풀잎 서걱이는 소리를 후렴이라고 한 표현이 재미나다. 산에는 소리가 많다. 이 시의 화자는 소리수집가 같은 예민한 귀와 날카로운 감각을 지니고 있다. 메아리의 음원을 찾기에 골몰하고 들려오는 모든 소리에 신경을 곤두세운다. 메아리는 부표가 없는 음각처럼 떠돌기 때문에 여간해서 잡히지 않는다. 메아리를 찾는 사람의 날카로운 신경이 그대로 전달되는 듯하다. 메아리의 주파수는 잘 맞춰지지 않고 피곤해진 귀에는 이명이 가득하다. 그늘에 숨어서 신음하면서도 접근을 허락하지 않는 메아리, 그래서 메아리는 여전히 신비롭다. (d)

Him

송해영

그해 겨울, 나는 무척 뜨거워졌다.
너무 뜨거운 나머지 녹아 없어지려는데
흘러내려가는 내 손을 번쩍 들어 올리는 힘이 있었다.
힘은 그랬다. 언제나 내가 없어지려 할 때 나타났다.

생경한 경험은 가끔 부끄러움과 죄책감을 불러다 앉힌다.
그럴 때마다 힘은 괜찮다 말하고
가볍게 한숨을 지으며 내 어깨를 다독이며
난 힘이야! 오늘은 어땠어?

힘은 힘이 세다는 것을 스스로 알고 있다.
쎈 힘 따위, 세상 사는데 쓸모가 그리 많지 않다는 걸
나는 알고 있다. 힘은 내 곁을 둥둥 떠다니면서
부조리가 싫다 말하고 술을 진창 마신다.

세상은 힘에게 그만 애쓰라고 하는데
힘은 나에게 넌 아직 어리다고만 한다.
하고 싶은 일을 하는 나와
할 수 있는 일을 택한 힘은 그렇다. 혹은 그렇지 않다.

쉼표를 동경하는 힘과 마침표를 힘들어 하는 나,
쉼표를 즐겨 찾는 나와 마침표를 일삼는 힘.

힘은 제 안 깊숙이 숨어 있는 힘을 꼭꼭 감추는데,
그 모습이 가여워 나는 힘을 꼭 안아주고 싶다.
비록 힘이 겨울의 마지막 눈발이 되어
마침표를 찍어도 세상은 아랑곳 하지 않을 테니까.

(시와시, 봄호)

‘힘’에 대한 시인의 상념을 진술하고 있는 시이다. 하지만 제목을 「힘」이 아니라 「Him」으로 표기하고 있는데, 이는 무슨 ‘낯설게 하기’인가. 아마도 독자들에게 생경한 느낌을 주기 위한 작위적 포즈이리라. 아직 젊은 시인이니 어떤 실험인들 재미가 없으랴. 힘을 의인화해 표현하는 것도 그에게는 재미있는 실험이리라. 시인에게 ‘힘’은 긍정적인 면을 갖고 있으면서도 부정적인 면을 갖고 있는 것으로 보인다. 긍정적인 면은 시인이 “너무 뜨거운 나머지 녹아 없어지려는데” 힘이 “흘러내려가는” 그의 “손을 번쩍 들어 올리”는 데서 확인할 수 있다. 이어지는 구절에서도 시인은 “언제나 내가 없어지려 할 때 나타”나는 것이 힘이라고 긍정적으로 표현한다. 시인의 “어깨를 다독이며/난 힘이야! 오늘은 어땠어?” 하고 위로를 하는 것이 힘이기도 하다. “힘이 세다는 것을 스스로 알고 있”는 힘, 이런 힘에 대해 시인이 모두 긍정적인 것은 아니다. 그는 “쎈 힘 따위, 세상 사는데 쓸모가 그리 많지 않다는 걸” 잘 “알고 있”다. 그가 보기에는 사람들 곁을 “둥둥 떠다니면서/부조리가 싫다 말하고 술을 진창 마”시는 것이 힘이다. 이런 힘에 대해 그가 부정적인 것은 당연하다. 따져보면 “하고 싶은 일을 하”는 시인과는 달리 “할 수 있는 일을” 하는 것이 힘이다. 힘을 택한 것이 힘인 셈이다. 그래서일까. “힘은 제 안 깊숙이 숨어 있는 힘을 꼭꼭 감”춘다. “그 모습이 가여워” 시인은 “힘을 꼭 안아주고 싶”어 한다. “힘이 겨울의 마지막 눈발이 되어”도, 그리하여 “마침표를 찍어도 세상은 아랑곳 하지 않”으리라는 것을 그가 잘 알고 있기 때문이다. (b)

새벽에 나는 웃는다

신달자

눈뜨는 새벽 나는 웃는다
저 멀리 여린 어둠의 길에서 더 깊은 꿈으로 절벽으로
위험한 계곡들 지나 평야 지나
나 기억 밖의 세상들 돌고 돌아서
잠이라는 알 속에서 꿈틀거리며 태어날 때
나 웃는다
창 사이 푸른 어둠이 새어들고
마치 알의 어느 풀밭에서 만난 푸른 잎 빛깔의 어둠 잠시 내게 안길 때
나는 웃는다
하루라는 문은 푸르디푸르다
그 푸른빛으로 오늘이라는 선물을 뜨겁게 안고
천 개의 문을 열려고 일어난다
삶이란 천 개의 열리지 않는 문을 두드리는 것 아닌가
못생긴 오늘 상큼한 세수로 웃음 한 꺼풀 하얀 거품 내 씻는다.

(현대시학, 9월호)

새벽을 "푸른빛"으로 인식하는 화자의 마음은 신비로움에 기울어
있다. 그 감정을 언어로 옮기면서 다소 객관화되었지만 신비로움과 신
선함의 주제는 여전히 강하다. 화자는 미지의 세계로 나아가려는 열정
을 여전히 포기하지 않고 있는 것이다. 화자가 "푸른빛"으로 이 세계를
인식한 것은 비록 정치적 혁명 같은 변혁을 추구한 것은 아니지만 자신
을 긍정하는 것이기에 의미가 크다. 상업적 자본주의가 횡행하는 오늘
의 시대에는 정치적 혁명만큼 상실해가는 자아를 회복하는 일이 중요하
다. "푸른빛으로 오늘이라는 선물을 뜨겁게 안"는 긍정의 자세가 필요한
것이다. 자신을 긍정했을 때 "천 개의 열리지 않는 문을 두드리는" 행동
이 가능하다. (c)

사과

신용목

가을은 정오의 하늘 가운데 빨간 단추를 누르러 갔다

아주 오래된 가르침처럼

외진 골목에서 남녀가 풀어진 마음을 조율하기 위해 서로의 뺨을 때
린다

때릴수록

나는 꽃들의 시간을 이해한다 모든 음부가 가진 빛깔과 붉은 향기에
대해서도

아주 오랫동안 켜져 있었다

왜 여름과 가을이 가을과 여름이 방을 따로 쓰지 않는지 몰랐다 왜 밤
과 낮이
한 몸으로 뒤엉켜 나뒹구는지

외진 냄새로 얼룩지는 저녁에 나는 도무지 알 수 없는 이유로 뺨을 맞
았다

맞을수록

익어간다

왜 몸과 몸이 마음과 마음이 그 시간을 견딜 수 없었는지 몰랐다 왜 너와 내가
그 방에 갇힐 수밖에 없었는지

가을은 정오의 하늘 가운데 빨간 단추를 누르러 갔다

곧 모든 것이 떨어져내린다

(문학동네, 겨울호)

금기와 위반의 충돌은 강렬하다. 금단의 열매는 매혹적이다. "아주 오래된 가르침"만큼 유혹하는 꽃들의 시간도 "아주 오랫동안 켜져 있었다". 본능과 분별의 대립은 에덴동산 이후 유구한 역사를 지닌다. 생명을 향한 충동을 마음은 조율할 수 없다. 꽃들은 열매 맺으려는 본능에 아주 충실하다. 여름과 가을 내내, 밤낮을 가리지 않고 아주 오랫동안 켜져 있다. 본능과 분별은 내내 어긋난다. 이유 없이 뺨을 맞을수록 잘 "익어간다". '왜' 그 방에 갇혀 익어갈 수밖에 없었는지 알 수는 없다. "아주 오래된 가르침"조차 그것을 막을 수는 없다. 그렇게 해서 사과는 익고 사랑은 계속된다. "가을은 정오의 하늘 가운데 빨간 단추를 누르러 갔다". 금단의 열매, 사과를 통해 만물에 경고를 행한다. "곧 모든 것이 떨어져내린다". 생명과 본능을 잃고 고요한 죽음을 맞이한다. 금기와 위반, 삶과 죽음의 드라마가 단속적이면서도 감각적인 몇 개의 이미지들로 선연하게 펼쳐진다. (d)

헤드라이트

심상운

초여름 감자밭 고랑에 앉아 포실포실한 흙 속으로 맨손을 쑤욱 밀어 넣으면 화들짝 놀라는 흙덩이들. 내 난폭한 손가락에 부르르 떠는 축축한 흙의 속살. 나는 탯줄을 끊어내고 뭉클뭉클한 어둠이 묻어 있는 감자 알을 환한 햇살 속으로 들어낸다. 그때 아 아 아 외마디 소리를 내며 내 손가락에 신생의 비릿한 피 냄새를 묻히고 미꾸라지처럼 재빠르게 흙 속으로 파고드는 어둠. 흙 속에 숨어 있는 어둠의 몸뚱이에는 빛이 탄생하기 이전 우주의 피가 묻어 있을 거라고? 그럼 붉은 피는 어둠 속에서 나오기를 거부하는 우주의 꽃빛 파일(file)! 몇 장의 헌혈 증서를 남기고 떠나간 20대의 그녀는 하얀 침대에 누워 누군가의 혈관 속으로 흐르는 자신의 장밋빛 시간을 상상했을까? 아니면 비 오는 밤, 검정고양이가 청색 사파이어 눈을 번득이며 잡동사니로 가득한 헛간을 빠져나와 번개 속을 뛰어가고 있는 TV화면을 보고 있었을까? 나는 불빛이 번쩍하는 순간 번개 속을 통과한 검정고양이를 찾아 승용차의 헤드라이트를 켜고 강변도로를 달린다. 비가 그치고 가로수를 껴안고 있던 어둠들이 깜짝깜짝 놀라면서 몸을 피하는 게 희뜩희뜩 보이는 밤이다.

(시문학, 12월호)

이 시에는 서너 가지 서로 다른 국면이 이어지는데 이들은 모두 '어둠/빛'의 대립쌍이 내재된 계열체들이다. 첫째로 화자인 나는 감자밭 이랑에서 "어둠이 묻어 있는 감자알을 환한 햇살 속으로 들어낸다". 그리고 그 "어둠의 몸뚱이"에 묻어 있는 "붉은 피"를 "우주의 꽃빛 파일"이라고 한다. 다음 국면은 "헌혈 증서를 남기고 떠나간 20대의 그녀"를 중심으로 전개된다. 그녀가 헌혈한 피와 "헛간"에서 나온 "검정고양이"는 서로 비유적 관계를 맺으며 무의식 속에 내재된 욕망이 현실로 진입하는 것을 암시한다. 세 번째 국면에서 화자는 "검정고양이를 찾아 승용차의 헤드라이트를 켜고 강변도로를 달"리는데 이 역시 위의 두 가지 국면과 비유적 관계를 맺는다. 그러한 국면들은 모두 서로 다른 주체들에 의해서 전개되고 있으며 사건 또는 상황도 이질적이다. 그 다양한 국면 속에는 내재된 닫힌 공간, 즉 감자가 묻힌 흙 속, 그녀의 혈관, 고양이가 머물러 있는 헛간, 화자가 머물러 있는 승용차는 모두 무의식적 공간을 상징한다. 시인은 그 속에 내재된 것들이 빛이 되어 열린 공간으로 들어가는 과정을 통하여 욕망이 현실, 상징계로 진입하는 것을 보여주고 있다. ⓐ

샤파 연필깎기

심재휘

사춘기는 수식어가 없는 밤이다
열여섯을 앓고 있는 딸이 눈물방울을 떨구고
아직은 식지 않은 여름밤에
선풍기는 소리 없이 돌고
나는 연필깎기로 샤파 샤파 연필을 깎는다
연필은 어둠 속에다 무엇을 쓰려는 걸까
선풍기는 고개를 좌우로 젓기만 하고
나는 연필깎기를 적당히
정말 적당하게 힘을 주어 돌리는 오래된 손
아빠의 달은 창밖을 공전하고
딸의 별빛은 너무나 희미하고 이 넓은 우주에서
샤파 샤파 아프게 깎고 깎이는 연필의 밤
셀 수 없는 몇 자루의 밤을 몸 안에 품고 오늘은 딸이 운다
그럴 때면 나는 뭉툭하고 눈물이 그렁한 연필을 연필깎기에 넣고
길고 까만 심이 나오도록 손잡이를 돌리는데
살살 돌리는 방법밖에 알지 못하는 나의 손에는
얇고 구불구불한 눈물의 밥만 가득한데
연필의 내심(內心)이 제법 뾰족해져도 나에게는
열여섯 사춘기를 베껴 쓸 수 있는 연필이 끝내 없다
서글픈 딸의 봄밤은 작고 가지런한 그녀의 발등 위로
수식어도 없이 한 방울씩
툭툭 떨어져 번지고 있다

(딩아돌하, 가을호)

"열여섯을 앓고 있는 딸이 눈물방울을 떨구고" 있는 무더운 여름밤, 아버지는 "사파 연필깎기"를 돌린다. 사춘기를 겪고 있는 딸을 위한 대책을 마땅히 마련해줄 수 없는 아버지가 할 수 있는 일이란 연필을 대신 깎아주는 것. 아버지의 그 일은 매우 하찮아 보이지만 딸을 위한 지극한 헌신이기에 숭고하기만 하다. 그렇다면 아버지는 왜 딸의 연필을 깎는 것일까? 사춘기를 겪고 있는 딸에게 움츠려들거나 불안해하지 말고 적극적으로 맞서라고 조언해줄 수 있고, 딸의 기분을 전환시켜주기 위해 영화를 보거나 여행을 다녀올 수도 있을 텐데, 왜 연필을 깎는 것일까? 아버지는 다른 방법보다 글쓰기를 생각하고 있다. 사춘기를 겪고 있는 딸에게 자신의 마음을 마음껏 써보라고 권유하는 것이다. 그렇지만 그 의도가 제대로 이루어질지는 알 수 없다. 아버지도 그와 같은 결과를 예상하고 있다. 그러나 자식이 흘리는 눈물을 닦는 일을 결코 포기할 수 없기에 연필 깎는 일을 포기하지 않는 것이다. (c)

저, 어린 것

심창만

무럭무럭 노시는 우리 어머니
여든을 넘기며 혼자서 논다
여덟 셈도 못하고 종이랑 논다
색종이를 사와도 하얗게 논다
젖니보다 하얀 잇몸으로 논다

내일은 찰흙을 사오고
모레는 딸랑이와 공갈젖꼭지도 사오련만
치매 앓는 어머니께 물릴 큰 젖이 나는 없다
한잠 자고 가시라 돌려드릴
누추한 자궁도 나는 없다

태교도 입덧도,
더 이상 지을 죄도 없이
잘 아는 저 아이를 어찌 보내나
잉태와 모성과 헌신을
풍선처럼 놓쳐버리고
자꾸 종이와 딸랑이와 찰흙만 만지작거리는
저 어린 것을
선산 솔밭 언 땅에 어찌 보내나

(시와정신, 가을호)

치매에 걸린 인물이 등장한 작품은 이미 많이 나왔다. 그렇지만 우리는 진부하다고 여기기보다는 지속적으로 관심을 가져야 한다. 그 이유는 세계적으로 치매 환자가 천이백만여 명에 이르고, 우리나라도 사십만여 명이 넘는 것으로 추산될 정도로 인류사적인 증후군이기 때문이다. 특히 우리나라의 경우 급속한 노령화로 인해 2020년에는 칠십만여 명에 이를 것으로 예상하고 있다. 치매를 제제로 삼은 작품이 앞으로 계속 등장해야 하는 또 다른 이유는 어머니를 품는 인간 정신 때문이다. 자신을 낳아주고 길러주고 걱정해주던 어머니가 어느 날 정신이 없어진 모습을 보면서 슬퍼하지 않는다면 인간이라고 할 수 없을 것이다. 따라서 노인이 되면 당연히 겪는 노화현상이라고 여기고 망령이나 노망이라고 부르면서 손을 놓을 것이 아니라 질환이라고 여기고 예방하는 것은 물론 기꺼이 섬기는 자세가 필요하다. "저, 어린 것" 시인의 마음이 차가운 이 대도시의 아파트를 울린다. ⓒ

앙숙

안상학

어느 신부님은
마당가에 꽃 키우는 것 못마땅해 했다
손바닥만 한 땅이라도 있으면 콩이나 채소를 가꾸었다

어느 작가는
마당에 풀이 우북해도 절대 뽑지 않았다
쇠무릎 이질풀 삼백초 질경이까지 다 약으로 썼다

한 사람은 어려서 배가 고팠고
한 사람은 어려서 몸이 아팠다
둘은 평생 친구였다

그들과 친했던 어느 농민 운동가는
집을 자주 비우다 가끔 집에 돌아가면
아내가 마당가에 가꾼 꽃밭을 갈아엎어 텃밭을 만들곤 했다
아내는 남편이 집을 비우면
기다렸다는 듯이 텃밭 갈아엎어 꽃밭 가꾸곤 했다

텃밭과 꽃밭의 숨바꼭질
아내가 남편을 잃고서야 끝이 났다
아내는 꽃밭에서 아주 살았다

한 사람은 농사를 사랑해서 채소를 길렀던 것이었고
한 사람은 남편이 그리워서 꽃을 가꾸었던 것이었다

(실천문학, 봄호)

이 시에서는 대립된 두 가치가 실현되고 있다. 전반부에서는 신부님과 작가를 통해 실현되고 있고, 후반부에서는 남편과 아내를 통해 실현되고 있다. 우선 "신부님은/마당가에 꽃 키우는 것 못마땅해" 한다. "손바닥만 한 땅이라도 있으면 콩이나 채소를 가"꾼다. 하지만 "작가는/마당에 풀이 우북해도 절대 뽑지 않"는다. 그는 "쇠무릎 이질풀 삼백초 질경이까지 다 약으로" 쓴다. "한 사람은 어려서 배가 고팠"기 때문이고, 다른 "한 사람은 어려서 몸이 아팠"기 때문이다. 그럼에도 불구하고 이들 "둘은 평생 친구였다". 이"들과 친"한 것이 이 시의 후반부에 등장하는 인물인 농민 운동가이다. 이 농민 운동가가 남편과 아내를 통해 실현되는 두 가치의 한 축을 이룬다. 농민 운동가인 남편은 "집을 자주 비우다 가끔 집에 돌아가면/아내가 마당가에 가꾼 꽃밭을 갈아엎어 텃밭을 만"든다. 채소를 가꾸기 위해서다. 하지만 "아내는 남편이 집을 비우면/기다렸다는 듯이 텃밭 갈아엎어 꽃밭 가"꾼다. "텃밭과 꽃밭의 숨바꼭질"은 "아내가 남편을 잃고서야 끝"난다. 그럼에도 불구하고 이들 둘은 평생 부부로 살았다. 이들 각각의 대립은 시인의 말처럼 앙숙인가. 그렇지 않다. "한 사람은 농사를 사랑해서 채소를 길렀던 것"이고, 다른 "한 사람은 남편이 그리워서 꽃을 가꾸었던 것"이다. 이처럼 서로 다른 가치가 상호 공존하며 실현되는 것이 이 세상이다. (b)

참 유식한 중생

양문규

밤새 천년 은행나무가 노오랗다

툭, 툭, 툭 흔들리는 바람을 타고 은행이 떨어진다

삼신바위 날다람쥐 삼단폭포를 기어올라 은행나무로 가는 길

쇠말뚝 타고 흐르다 그만 미끄러져 가시 철망에 피 흘린다

망탑봉 박새 한숨에 다랑이논 지나 은행나무에 닿으려 하지만

장대 그물망에 걸려 퍼득거린다

어느 구멍으로 들어왔는지 검은 차광막에 걸려 넘어진 남고개 고라니

누가 천년 은행나무 옥살이를 시키나 주절주절하는 사이

은행(銀杏)이 은행(銀行)인 것도 모르는 무식한 놈들이라며

소유경(所有經) 썰(說)하는 천태산 부리부리(不二不二) 너구리

낼 모레면 상강 지나 벼랑길인데

은행똥보다 더 독한 구린내 풍기는 참 유식한 중생

(시와사람, 겨울호)

살아 있는 화석이요 장수목으로 손꼽히는 은행나무는 자연 속
에는 스스로 생명을 유지하며 균형을 이루고 순환하는 힘과 원리가 내
재되어 있음을 말없이 알려주는지도 모른다. 그 순환의 질서에 따라 여
름이 지나가고 가을이 되자 "천년 은행나무" 잎이 "노오랗"게 물들고
"은행이 떨어진다". 날다람쥐가 그것을 주우러 "쇠말뚝"을 타고 가다
"미끄러져 가시 철망"에 찔려 피를 흘린다. "다랑이논"에서 종일 먹이를
찾던 박새가 가지 사이에 있는 집을 찾아 날아가다 "장대 그물망에 걸
려" 최후를 맞이한다. "차광막"에 걸려 넘어진 고라니가 "천년 은행나
무"를 "옥살이"시키는 인간들을 말없이 나무란다. "은행(銀杏)"이 생태계
의 질서를 지켜주는 생명의 "은행(銀行)"인데 그것을 보호한다고 탐욕의
손길을 더하여 파괴하는 인간들을 향해……. "부리부리(不二不二) 너구리"
가 자연과 인간이 둘이 아니요 한 몸이라고 "소유경(所有經)"을 설법한다.
"상강 지나"면 눈이 내리는데 은행에 기대어 사는 천태산 식구들은 긴
겨울을 어찌 지낼 수 있겠느냐고 "구린내"를 풍기는 "참 유식한 중생"을
향해 하소연을 한다. (a)

새

오정국

여전히 불투명한 피의 술잔처럼
국경을 넘어가는 두어 가닥 전선처럼

삼복염천의 태양을 입에 물고 간다

밭고랑을 움켜쥔 옥수수 발톱처럼
전망 좋은 들녘의 낙뢰 맞은 나무처럼
무너지면서 견디는
죽음의 힘으로

저의 족쇄와 사슬을 발목에 걸고 간다

혹한기 훈련의 낙오병들, V자의 비행 편대를 이룬 채
수축과 팽창을 거듭하고 있다

일 년에 한두 번의 빗줄기를 기다려
일제히 꽃을 피우는
사막의 선인장처럼

삽시간에 백 리를 달리고 천 리를 뻗는다
백 리와 천 리를 한걸음으로 묶는다

사막의 꽃처럼

천 년 전에도 만 년 전에도 지났던 길을
낙타와 두개골과 양피지를 굴리며 간다
그렇게 날아가서 다시 모이는 곳
지상의 모든 책이 불탄 자리다

(시와소금, 겨울호)

"**불투명한** 피의 술잔처럼" 미지의 꿈을 품은 새가 새로운 나라의 국경을 넘어가며 허공에 남긴 길이 두 나라를 이어줄 "두어 가닥 전선" 같다. "삼복염천"의 햇살이 너무 뜨겁지만 "태양"같이 높고 밝은 이상을 향해 날아간다. 그러한 새는 척박한 현실의 "밭고랑을 움켜쥔 옥수수 발톱처럼" 강하고 "낙뢰 맞은 나무처럼" 죽음의 공포에 단호하다. "무너지면서 견디는" "족쇄와 사슬을 발목에 걸고"도 자유를 찾아가는 그 한때의 "낙오병"들은 함께 남은 힘을 모아 승리를 그리며 "수축과 팽창을 거듭하고 있다". "일 년에 한두 번의 빗줄기"로도 갈증을 채우며 꽃을 피우는 "사막의 선인장"처럼 기다림에 익숙한 새들은 그 꽃을 닮았다. '천만 년 전'에도 조상들이 지났던 사막의 길에는 "낙타"와 그 "두개골"이 널려 있는데, 그 슬픈 역사를 증거하는 "양피지를 굴리며" 새는 날아간다. 사막은 날아간 새들이 죽어서 "다시 모이는 곳"이요 지상의 언어로 다 표현할 수 없는, "모든 책이 불탄 자리다". 날아가다 죽어 사막에 묻힐지라도 "백 리와 천 리를 한 걸음으로 묶"으며 편대를 지어 날아가는 새들의 날갯짓은 처절해서 더욱 아름답다. (a)

검은 꽃

유병록

죽은 자의 폐에서 발견되는 다량의 흙은
산 채로 매장된 흔적

산 자의 기억과 죽은 자의 꿈이 뒤섞이는 자정의 세계에서
눈 감으면
검은 공기의 구덩이에 파묻히는 느낌

숨을 들이마실 때마다
검은 공기가
목구멍을 가로막으며 걸어들어오고

벗어나려 애쓸 때마다
숨통을 잠식하며 밀려드는
검은 모래는
쌓이고 쌓여 비탈을 만드는 습성을 가지고 있다

점점 폐활량이 줄고
기침의 순간을 지나 침묵에 다다를 때

검은 공기의 구덩이는 내가 팠다는 생각

빛이 찾아오고
소란이 나를 일으켜 구덩이 밖으로 꺼낸다면

누가 내 가슴을 열어
검은 비탈을 발견한다면

자, 받아라
검은 꽃 한 송이

(창작과비평, 봄호)

검은 꽃은 없다. 이 시의 제목은 다분히 상징적인 것이다. "검은"과 "꽃"의 반어적 의미가 부각될 수밖에 없다. 제목처럼 시의 내용은 매우 암울하다. 이 시의 화자는 산 채로 매장되어 죽었거나 죽어가고 있다. 그는 "산 자의 기억과 죽은 자의 꿈이 뒤섞이는 자정의 세계"에 놓여있다. 숨을 들이마실 때마다 검은 공기가 폐로 가득 찬다. 그가 살아가는 현실이 숨조차 제대로 쉴 수 없을 정도로 오염되어 있다는 말이다. 그러나 그는 남을 탓하지는 않는다. "검은 공기의 구덩이는 내가 팠다는 생각"을 분명히 보여준다. 언젠가 빛이 찾아오면 자신의 가슴 속 "검은 꽃 한 송이"를 받아 달라 한다. 자신이 판 구덩이에 빠져 산 채로 매장당한 자가 마지막 순간까지 붙잡고 있던 희망의 한 조각이 빛을 받아 꽃으로 피어나는 장면을 놓치지 말아 달라 한다. "죽은 자의 꿈"이 피어낸 한 송이 검은 꽃은 다른 어떤 꽃보다 눈물겹다. (d)

어른의 할아버지

유안진

병아리 그림과 답지를 보여주었다간 치우며 유아원 선생님이 물었다
병아리 다리는 몇 개일까요?
1) 하나 2) 둘
"둘이요 둘" 일곱 유아가 신이 나서 한목소리로 대답했는데
한 유아만 당황한 듯 우물쭈물 하더니, 선생님과 눈이 마주치자
"하나요"하고 기어드는 목소리로 대답했다
선생님이 물었다 "왜 하나라고 생각하지?"
그 아이는 눈물이 그렁한 눈을 내리깔더니 겨우 대답했다
"나도 병아리다리가 둘인 줄은 알아요, 근데 아무도 하나라고 안 해주
니까
1)번이 슬퍼할까 봐서요"

(현대시학, 9월호)

영국의 낭만주의 시인 워즈워드의 시 중에 "어린이는 어른의 아버지"라는 구절이 있다. 시인은 워즈워드 시의 이 구절을 살짝 비틀어 '어른의 할아버지' 라는 말을 시의 제목으로 삼고 있다. '어른의 아버지'에서 한 차원 더 나아가 '어른의 할아버지' 가 이 시에서의 어린이라는 것이다. 시인은 왜 그런 생각을 했을까. 이 질문에 대한 대답은 물론 이 시에 들어 있다. 누구든, 무엇이든 소외되지 않도록 배려하는 깊은 마음을 갖고 있는 것이 이 시에서의 어린이(유아)이기 때문이다. 유아원 선생님은 이 시에서 "병아리 그림과 답지", 곧 "1) 하나 2) 둘"이라고 쓰여 있는 "답지를 보여주었다간 치우며" 병아리 다리가 몇 개냐고 유아들에게 묻는다. "일곱 유아가 신이 나서 한목소리로" 둘이라고 대답한다. 그런데 "한 유아만 당황한 듯 우물쭈물 하"다가 "기어드는 목소리로" 하나라고 대답한다. 이 유아인들 병아리의 다리가 둘이라는 사실을 모르랴. 하지만 이 유아는 하나라고 대답하는데, 그 내용이 대단하다. 선생님이 왜 하나라고 생각하느냐고 묻자, "그 아이는 눈물이 그렁한 눈을 내리깔더니 겨우 대답"한다. 병아리 다리가 둘인 줄은 저도 알지만 아무도 하나라고 안 해주니까 1)번이 슬퍼할까 봐서라고 대답한다. 시인은 다름 아닌 유아의 이 말에서 어린이는 어른의 할아버지라는 것을 깨닫는다. 남을 배려할 줄 모르는 사람을 어른이라고 할 수 있을까. 이런 어른보다는 이 시의 유아가 훨씬 어른스럽다고 하지 않을 수 없다. (b)

새들의 시간표

유종인

하늘의 키를 재러 올라갔던 아카시나무는
이끼를 가슴에 덮고 누워 있다

공중(空中)에 두엄 낼 밭이 없어
새들은
환삼덩굴과 깨진 돌비석, 죽은 개뼈들 위에 내려놓는다

까마귀 소리는
폭포처럼 쏟아져 내려오고
붉은머리오목눈이 재잘거림은 성긴 덤불숲을 꿰맨다
아, 허공의 주리를 튼 듯 왜자한 직박구리들,
꿩들은
어깨에 쟁기를 멘 듯 허방 고래실을 내달린다
동고비는 말수가 적고
곤줄박이는 샘물 다시느라 꼬리 추임새가 자자하다

노랑턱멧새와 박새는 또 소소한 구설(口說)이고,
새소리 허공에 구첩반상을 차려도 넘치는 소리의 가짓수
똑똑히, 세보겠다
오색딱따구리는 너도밤나무 줄기에 부리를 찧는다

이 새뜻한 새소리를 누가 다 듣나
했더니 묵묵한 바위들이 습습한 이끼들이

솔수펑이 늘씬하게 굽은 나무들 빛과 바람에 섞어서
다가오는 저녁 시장기와 더불어
어둠은 제 겨드랑이에 끼고 든다

자다가
잠결의 소리로 달리 들어도
어쩐지 물리지 않는 영원의 문턱이다

(애지, 여름호)

　　'이름 모를 새들' 이라는 말은 '이름 모를 꽃들' 보다 조금은
덜 무책임해 보일 것 같은데 그게 아니다. 이 시인, 새들과 친구인 것 같
다. "까마귀", "꿩", "오색딱따구리" 정도가 아니고 "붉은머리오목눈이",
"직박구리", "동고비", "곤줄박이", "노랑턱멧새", "박새"와 모두 친하
다. 새들이 어디에 집을 짓는지, 무슨 말을 하는지, 무얼 하며 사는지 낱
낱이 안다. 새들의 시간표도 두루 꿰고 있다. 누가 소란스러운지, 누가
말수가 적은지도 다 파악하고 있다. "새소리 허공에 구첩반상을 차려도
넘치는 소리의 가짓수"를 "똑똑히, 세보겠다"고 한다. 그가 이렇듯 새소
리를 잘 아는 것은 좋아하기 때문이다. "자다가/잠결의 소리로 달리 들
어도/어쩐지 물리지 않는 영원의 문턱"처럼 느껴지기 때문이다. 그냥 다
같은 새소리가 아니라 시간마다 달라지고 소리마다 특색이 있어 지루하
지 않은 말소리처럼 받아들이기 때문이다. 덕분에 멀게만 느껴지던 새
들의 소리와 생태를 가까이서 접해볼 수 있다. 더불어 이 시는 사라져가
고 있는 정겨운 우리말들을 만나게 한다. '두엄', '고래실', '자자하다',
'새뜻하다', '솔수펑' 등 순수 우리말들은 마치 "영원의 문턱"에 있는 듯
아득하면서도 친밀하게 다가온다. (d)

달걀 속의 밥

유홍준

이것은

내용과 형식에 관한 첫 번째 이야기

그 옛날 닭 울고 개 짖던 유정란의 시절에

아버지는 젓가락 끝으로 톡톡 구멍을 내고 날달걀을 드셨네

목고개를 있는 데로 젖히고

마지막 한 방울까지

날계란을 드시는 아버지의 목울대는 또 다른 달걀

나도 알아, 목구멍 넘어갈 때의

그 계란 노른자와 흰자의

맛 차이

신기해, 닭장에서 계란을 꺼내올 때마다

어떻게 해서 이 둥글고 살색이고 따뜻한 게 만들어지는지 궁금

그것은 껍질에 대한, 형식에 대한, 내 첫 번째 질문

날계란을 다 마신 아버지는 그 속에 쌀을 안치고

우리에게 특별한 밥을 해 주셨네

계란은 세상에서 가장 작고

예쁜 솥

아버지는 조심조심 쌀을 넣고 물을 붓고 아궁이 불씨 속에 그 솥을 앉
혔지

계란 속에 든 밥은 언제나 된밥

그러나 신기하고 재밌고 맛있어

계란은 세상에서 가장 앙증맞고

귀엽고 독특한 솥

그 솥으로 지은 밥은

형식과 내용에 관한 내 첫 번째 경험 이야기

(시와세계, 여름호)

닭들은 자본주의적인 대량 생산과 자동화 시스템의 대표적인 피해자들이다. 이 시스템 안에서 생명을 가진 존재로서의 존엄성은 전혀 고려의 대상이 되지 않는다. 이 안에서 닭은 몇 근의 살코기 또는 알 낳는 기계와 다를 바 없다.

이 시의 화자는 "그 옛날 닭 울고 개 짖던 유정란 시절"의 기억 한 조각을 끄집어낸다. 불과 한 세대 전의 풍경이지만 정말이지 "그 옛날"인 것처럼 까마득하다. "그 옛날" 아버지는 목고개를 힘껏 젖혀 날달걀을 드셨다. 날달걀을 넘기는 아버지의 목울대를 또 다른 달걀에 비유하는 화자의 눈썰미가 재치 있다. "둥글고 살색이고 따뜻한" 달걀의 모양은 그가 '형식'에 눈뜨게 한 첫 번째 동기이다. 그리고 이어지는 또 하나의 따뜻한 장면. 날달걀을 다 마신 아버지가 그 속에 쌀을 안치고 물을 부어 아궁이 불씨 속에 앉혀놓는다. "세상에서 가장 작고/예쁜 솥"에 담긴 그 밥은 '내용'을 일깨워준다. "계란 속에 든 밥"은 형식과 내용이 일치가 된 "신기하고 재밌고 맛있"는 밥이다. 형식과 내용의 유기적 관련성을 체득하게 되는 과정이 고스란히 드러난다. "유정란의 시절"의 유정(有情)한 풍경을 떠올리며 미소 짓게 하는 시이다. (d)

전철 안 홍해

윤석산(尹錫山)

그가 저쪽 칸에서 이쪽 칸으로

문을 열고 들어서자

사람들 모두 양쪽으로 갈라서며 길을 열어주었다.

마치 모세가 홍해를 건너는 것과도 같이

우리에게 음악을 들려주며

그는 우리들 사이를 건너고 있었다.

이 끝에서 저 끝으로

건너는 음악의 홍해

여기저기 때로는 동전 한 닢, 때로는 지폐 한 장 던져주는 사람들 사이,

동전도 지폐도, 또 세상도 아랑곳없다는 듯이

그는 다만 구슬픈 음악으로

이 칸에서 다시 저 칸으로

기적이 없는 시대의 기적, 꿈꾸듯

그렇게, 그렇게 그가 건너가고 있었다.

(문학과창작, 봄호)

이 시에는 구약성경에 나오는 "모세가 홍해를 건너는" 기적이 인유되어 있다. 따라서 일단은 성경의 이 부분에 대한 지식을 알 필요가 있다. 구약 시대에 이스라엘 백성은 우여곡절 끝에 이집트에서 고난을 겪으며 살게 된다. 마침내 이들은 하나님의 사명을 받아 모세의 주도로 이집트를 탈출한다. 그때 모세는 하나님의 힘을 얻어 홍해를 갈라 이집트의 병사를 따돌리는 기적을 행사한다. "이스라엘 사람들은 마른 땅을 걸어갈 것이다", 라고 크게 외치자 홍해가 양쪽으로 갈라진 것이다. "모세가 홍해를 건너는" 기적은 바로 이 사건을 가리킨다. 시인은 이 사건을 지금 이곳의 전철 안에서 일어나는 사건을 표현하기 위해 인유한다. "그가 저쪽 칸에서 이쪽 칸으로/문을 열고 들어서자/사람들 모두 양쪽으로 갈라서며 길을 열어주"는 사건 말이다. 이때의 '그'는 눈을 감은 채 카세트 음악 따위를 들려주며 온정을 바라는 사람이다. 그가 전철 안 사람들 "사이를 건너"기 위해 "음악을 들려주며" 다가오자 사람들이 모세의 홍해처럼 갈라지는 것은 일종의 코미디이다. 물론 이때의 코미디는 풍자와 야유의 내포가 들어 있다. "이 끝에서 저 끝으로/건너는 음악의 홍해", 이들 장면을 통해 시인이 만드는 풍자와 야유에는 짙은 비애가 담겨 있다. "때로는 동전 한 닢, 때로는 지폐 한 장 던져주는 사람들 사이" "다만 구슬픈 음악으로/이 칸에서 다시 저 칸으로" 건너가고 있는 것이 그이기 때문이다. "기적이 없는 시대"에 기적처럼 "그렇게, 그렇게" 전철의 이 칸에서 저 칸으로 "건너가고 있"는 그의 모습에서 모세의 홍해를 발견하다니! 시인의 그런 모습에도 비애가 담겨 있기는 마찬가지이다. (b)

돌부처

이경우

치악산 무쇠점골 오솔길 옆 검은 바위
몸통 없는 돌부처하나
검버섯 핀 얼굴가득 둥근 미소 짓고 있다

어쩌다 제 몸통을 잃어버렸는지 알 수 없지만
힐끔거리며 지나가는 등산객 향해
가발 모델인형처럼 앉아 속없이 웃고만 있다

삼복더위에도
눈바람 부는 겨울날에도
고통이나 슬픔
그 아무것도 모르는 바보마냥
그저 웃기만 하는 얼굴뿐인 돌부처

혹여, 내일아침 세상에 혁명이 일어난다 해도
여전히 웃고만 앉아있을
저, 배알도 없는

(딩아돌하, 겨울호)

인적이 뜸한 "치악산 무쇠점골 오솔길 옆"에 있는 "검은 바위"는 얼마나 오래 외롭게 그 자리를 지켰을까. 오랜 세월을 견디며 보내느라 얼굴에 "검버섯" 피고 "몸통을 잃어버렸"지만 잃어버린 줄조차 모르고 홀로 열반의 경지에 들어 "둥근 미소"를 머금고 있다. 가끔씩 날아와 노래하는 산새와 철따라 피고 지는 산유화들이 외로움을 달래주다 가는 외진 산골에서…… 화려하고 값진 것만 눈이 먼 등산객들은 못났다고 비웃듯 "힐끔거리며" 지나가지만 "가발 모델인형처럼 앉아 속없이 웃고만 있다". "삼복더위"와 "눈바람"을 오히려 깨달음을 재촉하는 죽비로 여기며 "바보마냥/그저 웃기만 하는" 돌부처는 해탈을 위한 수행에 정진할 뿐이다. 허위의 가발로 위장하고 탐욕의 "몸통"을 살찌우기에 바쁜 세인들을 향해 무엇이 참된 복을 주는지를 침묵으로 설법하고 있는지도 모른다. "내일아침 세상에 혁명이 일어난다 해도" 마음을 비우는 게 참된 혁명인 줄 알기에 "배알도 없는" 돌부처는 하늘을 우러러보며 웃고만 있을 것이다. ⓐ

오는 저녁

이기인

나뭇잎 뺨들이 오리처럼 두리번거리는 시간이다

지붕의 뾰족한 귀에 앉은 새 노을에 젖은 얼굴이다 깨진 창문에 번지는 감정이다

전깃줄은 얽혀 있고 빨랫줄 바람은 바지주머니 속으로 들어와 부풀다 꺼진다

저주하고 저주하는 접힌 무릎이 누런 속옷과 함께 바싹 마른 시간이다

노랗고 빨갛고 파랗고 하얗고 지겨운 빨래집게의 취향이 삐끗하는 시간이다

한줄기 희미한 종소리를 기다리던 집은 더 동그랗게 웅크리다 녹아버린다

낮은 산등성이에 묶인 풍경은 저녁의 무리 속으로 휘익 난초처럼 도망간다

검증할 수 없는 구름의 무늬가 여러 겹 지붕 위로 떨어져 구멍이 생긴다

얇은 창문을 닦다가 파르스름한 손등의 빛을 동시에 잃어버린다

처음부터 아무것도 붙잡지 않은 손바닥의 빛을 이해하지 않기로 하고 주머니에 넣는다

주머니의 부흥회에는 아무것도 없는 주먹이 들어와서 조용하다

팔과 다리를 잃은 듯이 붙잡지 못하는 저녁이 동시에 등을 돌린다

(시와시, 여름호)

맥없고 지루하고 허탈한 저녁의 풍경이다. 세상의 모든 저녁이 충만하고 편안하지만은 않을 것이다. '저녁이 있는 삶'이라는 슬로건이 많은 이들의 마음을 사로잡은 것은 저녁을 느낄 여유도 없이 숨 가쁘게 살아왔던 세월에 대한 반감 때문이다. 그렇지만 이 시에서 그려지는 저녁의 풍경이 그리 좋아보이지는 않는다. 아마도 '저녁이 있는 삶'을 갈구할 만큼 분주한 생활조차 허용되지 않았던 사람들의 저녁인 듯하다. 감정을 차단한 담담한 묘사로 일관하고 있지만 곳곳에서 불안하고 절망적인 분위기가 그려진다. 이 시에서 저녁은 "나뭇잎 뺨들이 오리처럼 두리번거리는 시간이다". 서서히 바람이 일기 시작하면서 어디로 불려갈지 몰라 두리번거리는 나뭇잎들의 상황이 의미심장하게 제시된다. 이곳에 사는 사람들의 처지도 이와 다르지 않아 보인다. "노을에 젖은 얼굴"로 "지붕의 뾰족한 귀에 앉은 새"의 모습도 불안하고 힘겨워 보인다. "전깃줄은 얽혀 있고" 언제부터 걸려있는지 모를 빨래들은 바람에 부풀었다 꺼지기를 하염없이 반복한다. 동그랗게 웅크린 작은 집은 "한줄기 희미한 종소리"를 기다리다 녹아버릴 듯하다. 어둠은 빠르게 다가오고 불길한 구름이 지붕 위로 내려앉는다. 얇은 창문을 닦던 손도 어둠에 잠긴다. "처음부터 아무것도 붙잡지 않은 손바닥"은 힘없이 주머니로 들어가고 저녁은 또다시 등을 돌리고 사라진다. 희망 없는 저녁의 쓸쓸한 풍경이 아릿하다. (d)

몸살

이명수

강정마을 근처 구멍가게 평상에 앉아
뒤집히는 바다를 본다
할머니가 유모차를 밀고 와 곁에 앉는다
할머니, 어디가 편찮으세요
전국적으로 다 아파

누구에게나 몸이 지구다
지구가 아프면 몸이 아프다
에티오피아가 아프다
탈북 난민이 아프다
후쿠시마가 아프다
강정마을, 구럼비가 아프다

전국에 강풍특보가 내려진다
으슬으슬 봄바람 먹은 내가 아프다
때를 아는 꽃몸살이다
그래, 아프지 않게 오는 봄날이 있더냐

(시와시, 가을호)

시인은 지금 제주도 "강정마을 근처"의 "구멍가게 평상에 앉아/ 뒤집히는 바다를" 바라보고 있다. 바다는 왜 뒤집히는가. 파도가 세어서 인가. 아닌 듯싶다. 잘 알다시피 지금 제주도의 강정마을에는 해군기지 가 들어서고 있다. 많은 사람들이 이곳에 들어서는 해군기지에 대해 반 대하고 있다. 미국과 중국 사이의 갈등이 전쟁으로 비화되면 이곳이 핵 공격의 대상이 되리라고 걱정하기 때문이다. 이런 생각을 하고 있는 참 인데, 때마침 걸음이 불편한 "할머니가 유모차를 밀고 와" 시인의 "곁에 앉는다". 시인이 할머니에게 "어디가 편찮으세요" 하고 묻는다. 할머니 는 "전국적으로 다 아파" 하고 대답한다. 이런 문답 끝에 시인은 "누구에 게나 몸이 지구다/지구가 아프면 몸이 아프다"고 진술한다. '세상이 아 프니 내가 아프다'는 유마힐의 말을 변형해 받아들이고 있는 것이다. 그 렇다. 과도한 건설, 지나친 산업화, 과도한 자원전쟁에 따른 생태환경의 문제로 지금 온 지구가 아파한다. 시인이 생각하기에는 이들 문제로 인 해 지구의 구석구석이 아픈 것이 오늘의 현실이다. "에티오피아가 아프" 고, "탈북 난민이 아프"고, "후쿠시마가 아프"고, "강정마을, 구럼비가 아프"니 시인 자신도 아픈 것은 당연하다. 그리하여 시인은 "으슬으슬 봄바람 먹은 내가 아프다"고 고백한다. "때를 아는 꽃몸살이" 찾아온 것 이다. 누구에게나 "아프지 않게 오는 봄날"은 없는 듯하다. (b)

딸

이선영

내 가지에서
네가 피운 꽃떨기는
묘하게 어울리지 않으면서
묘하게 어우러져 있다

꽃 피우는 법이 따로 있겠느냐며
너는 맘대로 만발하고 있는데
왈칵대다 잦아들고 잦아들다 왈칵거리는 너의 꽃피는 모양새가
대고, 들고, 거리는 내 심장의 박동을 만들고

네가 왈칵 꽃필 때마다 내 가지는
소스라치게 당겨진 손목이 된다

목련 끝에서 자목련 한 떨기 비죽 솟아 나오고
철쭉 끝에서 라일락 한 떨기 불쑥 솟아 나오듯

내 가지 한 끝이
순리의 목련으로 미지의 자목련으로
순정의 철쭉으로 배반의 라일락으로
갈라진 손톱들을 길러 내고 있다

나는 처음 꽃몽오리가 맺혔던 흔적만 거푸 되만져 본다
내가 못 찾은 네가 아직 거기 머무를지 몰라서

내 가지에서 네가 피워 낸 꽃떨기는
가지의 파름한 힘줄을 불거지게 잡아당기지만
나는 아픔과 눈물 속에서도 그 꽃떨기가 피는 형상이 오묘하고 애잔
해서
울컥 잘라 내려다 휘황하게 신음한다

너의 수상한 꽃떨기는
무슨 솟구침으로 너를 헤치고 나와서
꿈의 뜬구름을 향해 활짝 벙글어진 너의 입술 끝을
다물지도 못하고 허공에 걸어 두고 있는가

(작가세계, 여름호)

딸이 어머니 모습 그대로만 태어난다면 세상은 단조롭고 인류의 역사는 제자리걸음을 반복할 것이다. 그러나 어머니 꽃가지에서 딸이 피운 "꽃떨기"가 "묘하게 어울리지 않으면서/묘하게 어우러져 있"어 다행스럽다. "맘대로 만발"한 "너의 꽃피는 모양새"가 "내 심장의 박동을 만들"며 삶에 더욱 활력을 불어넣었다. 그런데 "목련 끝에서 자목련"이 "철쭉 끝에서 라일락"이 솟아 나오듯 네가 "갈라진 손톱들을 길러 내"어 "미지"의 세계를 탐색하며 "배반"을 할 때 나는 놀라서 손목을 당긴다. 때로는 "처음 꽃몽오리가 맺혔던 흔적" 속에 "내가 못 찾은 네가" 머물러 있을 것 같아 만져보기도 한다. 그리고 네가 피운 '꽃떨기가 오묘하고 애잔해서' 아예 "울컥 잘라 내려다 휘황하게 신음한다". 논리와 예측을 벗어나 네가 피운 "수상한 꽃떨기"는 "꿈의 뜬구름"이라도 잡겠다고 만개한 꽃잎, 입술을 다물지 못하고 그 끝을 "허공에 걸어 두고" 있다. 아무튼 인간의 몸과 마음엔 유전적 인자를 받아들일 뿐만 아니라 그것을 선택하고 변용하여 새로움을 창조하는 능력이 있는 것 같다. 어머니들은 자신과 닮지 않은 딸을 낳고 시인은 일상어를 소재로 하면서도 새로운 미지의 세계를 창조하는 것을 보면……. ⓐ

회양목 구멍가게

이선형

화단 울타리 회양목 새잎이 올라온다. 매화하고 비슷한 시기에 피는 회양목 꽃이 딱할 때 있다. 봄을 당기고 싶은 사람들에게 매화는 얼마나 환호를 받는가. 그에 비하면 회양목은 피나마나 눈 맞추는 사람도 없다 소매 단추보다 작은 잎은 고만고만한 봉지들이 포개 쌓인 소읍의 구멍가게 선반을 연상하게 한다. 중늙은 주인은 새벽에 일어나 덜컹거리는 유리문을 달래고 먼지 앉은 물건들을 닦아 제자리에 놓는다 가지런히 진열된 잎과 꽃을 가진 회양목은 어둑한 가게에서 자신만의 의식으로 새 하루를 연다 외부에서 오는 환호를 좋아하는 것은 여간해서는 지워지지 않는 사람의 얼룩일 뿐이다

(시와정신, 겨울호)

작품의 화자는 "회양목"을 "매화"와 비교하면서 존재의 의미를 노래하고 있다. 세상 사람들은 "매화"를 환호하면서 맞이하지만, 화자는 "회양목"을 품는다. 그 이유는 "회양목"이 "매화" 못지않게 주어진 운명에 최선을 다하는 모습을 발견했기 때문이다. "매화" 역시 자신의 운명을 허투루 쓰고 있지 않아서 사람들에게 인정받고 있지만 "회양목"은 그러하지 못하다. 세상이 제대로 이루어지려면 대기업의 사장도 필요하지만 "소읍의 구멍가게" 주인도 필요하다. 그렇지만 대부분의 사람들은 전자의 존재에만 관심을 가질 뿐 후자에게는 무관심하다. 그것은 자신에게 이익이 되지 않는다고 판단하기 때문인데, 그만큼 우리는 자본주의가 제시하는 물질 가치에 젖어 있는 것이다. 사람들은 자신에게 이익이 되지 않는 상대는 이해하거나 포용하지 않고 오히려 배척하거나 차별한다. 그렇지만 작품의 화자는 "매화"의 그늘에 가려져 있는 "회양목"을 품는다. "회양목"의 그 작은 꽃, 얼마나 매력적인가! (c)

냉동된 자유

이 솔

엄동을 견뎌낸 황태덕장
너의 뻣뻣한 저항을 만난다

코를 꿰었던 구속에서 풀려나
딱딱한 몸이 풀어지는 냉동된 자유
장작개비 같은 너를 달래며
껍질을 벗기고 천천히 황태살을 뜯는다
말라 붙은 명태의 눈, 아가미, 딱딱한 지느러미의 미라

경남 하동군 금성면 가덕리, 여인의 미라
400년 전 처음 그대로 옷깃 여미고 햇빛 아래 누운
자그마한 여인은 눈이 부셔 그냥 감은 채로 말라붙어 있다
내장을 모두 빼내고 물기를 날려보낸 황태미라

고대 이집트인들은 B.C. 3000년에 죽은 자를 살아 있는 모습으로 만
들었다
붕대와 천으로 감고 송진을 먹여 시체를 뻣뻣하게 보존하고
흑갈색으로 말라붙은 피부에 눈을 뜨고 자는 파라오
내장이 모두 빠져나간, 황금을 입고 영면하는 파라오

약수터 그늘에서 노인은 살짝 낮잠 중이다
오월의 푸른 인화지에 찍힌 밤나무 마른 나뭇가지
툭 부러질 듯 메마른 노인의 다리뼈

황태가 부드럽게 풀어진다
손끝 체온으로 피가 돌면서
운판(雲版)의 떨림으로 깨어 일어나는 먼 자유의 숨결이다

(시문학, 9월호)

시인은 "엄동을 견뎌낸 황태덕장"에서 코를 꿴 채 눈바람에 장작개비처럼 마른 황태의 껍질을 벗기고 살을 뜯는 장면을 묘사한다. 이어서 경남 하동군에서 발견된 "여인의 미라"를 연상하며 "황태미라"에 비유한다. 그리고 다시 시공간을 멀리 뛰어넘어 고대 이집트인들이 죽은 자를 살아 있는 모습으로 만들어 보존한 "파라오"의 미라를 제시한다. 먼 과거를 그리던 시인의 역사적 상상은 이제 현실로 돌아와 약수터 그늘에서 낮잠을 자는 노인에게 초점을 맞춘다. 아직은 푸른 오월인데 그 풍경 속에 보이는 "밤나무 마른 나뭇가지"의 이미지를 "메마른 노인의 다리뼈"에 중첩시킨다. 그리하여 황태, 여인의 미라, 파라오의 미라, 노인, 밤나무 마른 가지 등은 서로 비유적 관계를 맺는다. 끝 연에 이르러 시인의 시선은 다시 황태를 두들기며 살을 푸는 이로 이동한다. 그 "손끝 체온으로 피가 돌면서" 마른 황태는 "운판(雲版)의 떨림"으로 냉동되었던 "자유의 숨결"을 깨우는데 다리뼈 부러질 듯한 그 노인은 누가 일으켜줄 것인가. 시인의 무의식적 상상은 논리와 시간의 순서를 무화시키며 이질적인 여러 대상들을 동시적으로 배열하여 언어의 그물을 엮고 있다. ⓐ

그림자 혹은 나라는 사물

이승희

묻는다
밤의 내면에서
외투를 입혀주며
그림자가 있느냐고
등을 두드리며
어젯밤과 오늘밤이 다른 것을 아느냐고

훔쳐가지 않겠다고 약속하지

밤의 호수에도 식물은 자라지
자랄수록 하얀 얼굴이 되어가지
별자리 사이를 매일 조금씩 옮겨가는 태양을 따라
호수 쪽으로 제 몸을 기울인 채
불안으로 기울어진 물가의 입들

감춘 것들이 무언지 몰라
한 생을 다 소비하는 것은
당신도 마찬가지
수면이 숲의 고요를 끌어와
물속은 단단한 지층이 된다
입이 닫혀버린 거대한 물고기로 자란다

그러니까

물 위를 바라만 보다 떠나가는 것
손가락 하나 잘라내지 못하고
소곤거리는 소리를 들어본 적도 없이
호수의 배후로 희미해지는 생
자꾸만 그림자를 만들고 싶어서
그림자의 그림을 그리는 밤이 왔다고

호수로 건네는 입들
버려진 외투들

(문학의 오늘, 겨울호)

　작품의 화자는 "호수"를 거울 같은 대상으로 여기고 응시한다. 특히 "밤의 호수"여서 화자가 응시하는 호수는 깊고도 아득하다. 그렇지만 호수를 내려다보는 화자의 마음은 평온하거나 풍만하지 않고 오히려 "불안"감을 느낀다. "입이 닫혀버"리거나 "소곤거리는 소리를 들어본 적" 없을 정도로 호수가 주는 적막한 분위기 때문이기도 하지만, 자신을 들여다보는 일 자체에 만족할 수 없기 때문이다. 인간은 신이 아니기에 자신의 외모는 물론이고 욕망을 만족하게 성취할 수 없는 존재이다. 그리하여 화자는 자신을 "버려진 외투" 같다고 말한다. "호수의 배후로 희미해지는 생"이라고도 말한다. 그러면서도 화자는 "그림자를 만들"려고 한다. "그림자"는 화자의 자아인 것이 분명하다. 화자는 그 자아를 내버리거나 지워버리지 않고 끝까지 지키려고 한다. 그 일로 주어진 생애를 다 소비해도 좋다고 한다. (c)

그해 겨울

이시영

아버지 아파 누워 계셨을 때 고향집 찾았다가 사랑채 마루에 걸터앉아 하염없이 바라보던 감나무. 너 이제 좀 더 자라 의젓한 나무 되었는지. 서울행 기적소리 들으며 작별인사차 아버지 앞에 무릎 꿇고 다가서자 간신히 들려오던 목소리. "나, 약 좀 사다 달라!" 나 그 약속 지키지 못하고 동구 앞 팽하니 지나 타박타박 걸었네. 그날 수레바퀴 자국 선명한 신작로까지 따라와 울던 갈가마귀. 너도 인젠 다 자라 푸른 하늘 매서웁게 나는지.

(시작, 여름호)

누구는 고향이 사라지는 것이 자본주의 근대의 한 특징이라고 한다. 대도시(서울)에서 태어나 자란 2세대, 3세대가 자본주의 근대를 이루는 주류로 자리를 잡고 있기 때문이다. 하지만 시인은 아직 고향을 떠나 대도시(서울)에 자리 잡은 1세대이다. 따라서 걸핏하면 고향의 사람들, 풍경들, 일들이 떠오르는 것은 당연하다. 이 시에서는 우선 "아버지 아파 누워 계셨을 때" 찾았던 "고향집"이 먼저 떠오른다. 이어 고향집 "사랑채 마루에 걸터앉아 하염없이 바라보던 감나무"가 떠오른다. 시인에게 감나무는 '그'가 아니라 '너'이다. 마음속에 감나무가 그만큼 인간적으로, 육친적으로 존재하기 때문이다. 시인이 감나무를 "너 이제 좀 더 자라 의젓한 나무 되었는지"라고 호명하는 것은 바로 이 때문이다. 하지만 시인의 마음속에는 정작 깊이 남아 있는 것이 있다. "서울행 기적소리 들으며 작별인사차 아버지 앞에 무릎 꿇고 다가서자 간신히 들려오던 목소리", "약 좀 사다 달라"는 목소리가 그것이다. 하지만 시인은 "그 약속 지키지 못하고 동구 앞 팽하니 지나 타박타박 걸"어 나온다. 아, 아버지…… 아무래도 이 일은 회한으로 남을 수밖에 없다. 그래서일까. 시인에게는 "그날 수레바퀴 자국 선명한 신작로까지 따라와 울던 갈가마귀"도 잊히지 않는다. 여기서는 갈가마귀도 '그'가 아니라 '너'이다. 시인과 좀 더 육친적인 관계인 '너', 갈가마귀는 무엇의 상징일까. "너도 인젠 다 자라 푸른 하늘 매서웁게 나는지"라는 말로 시를 매조지하는 것은 동병상련을 느끼기 때문이리라. (b)

타임캡슐

이영혜

삼뿌라, 금니에서 도자기, 임플란트까지
두 세기를 지나온 박물관을 본다

이 악물고 버틴 긴 시간
법랑질과 상아질 결을 따라
나이테로 남아 있다
달고 쓰고 더럽고 비굴했던
그를 적신 온갖 맛의 기억들
긴 시간을 분절했던 수많은 말들과 침묵도
대장경 경판처럼 촘촘히 새겨져 있다

묵은 때를 벗겨내고
모서리 닳은 경판을 때운다
모진 삶에 몇 개는 소실되었지만
애써 보존된 한 역사의 기록 유산
고개 숙여 삼가 복원한다

머지않아 매장될 저 작은 타임캡슐
치사리(齒舍利) 몇 과로 더러 발굴되리라
낡은 입술 캄캄하게 다시 닫힌다
완성되지 못한 경전을 마저 새기러
구부정한 등이 발걸음 재촉한다

(시와표현, 가을호)

사람의 말이나 글보다 몸이 더 정밀하고 정확한 기호인 것 같다. 수사관은 범행 현장에 남긴 지문이나 머리카락 또는 혈흔 등 미세한 신체의 일부로 범인을 찾아내고 그 행적을 수사하는 걸 보면……. 그런데 화자는 박물관에 전시된 역사적 유물 보듯 세월의 흐름에 따라 다른 소재로 복원된 치아들을 보며 환자의 "온갖 맛의 기억들"을 탐색한다. 그리고 그가 갖가지 풍상을 견디며 "긴 시간을 분절했던" "수많은 말들과 침묵"을 읽는다. "법랑질과 상아질 결"은 "이 악물고 버틴" 신산한 시간이 남긴 "나이테"요, 사나운 세파를 헤치고 사해의 바다를 건너던 힘과 길을 알려주는 "대장경 경판" 같다. "한 역사의 기록 유산"인 그 치아 "경판"을 복원하다보면 몇 개를 소실당하면서도 굳게 살아온 이 앞에 고개가 숙여진다. 머지않아 치아 "타임캡슐"은 매장되고 "치사리" 몇 과가 더러 발굴될 텐데 "경전을 마저 새기러" 병원 문을 나서서 길을 더듬어가는 이의 등에 어둠이 무겁게 내려앉는다. ⓐ

어안(魚眼)을 읽다

이운룡

오른 눈 망막 출혈 수술 후 갑자기 사람의 늙음이 환해졌다. 벽지가 왼눈은 누렇게 보이고 오른 눈은 하얗게 보인다. 눈이 맑아지니 헌것은 헌것이고 새것은 새것이구나.

손님의 눈 가장자리에 해진 시간이 많이도 번져 있다. 엊그제의 싱싱한 시간이 언제 금이 가 있었나? 나의 어둠에 묻혀 안 보였던 것들이 이제야 제대로 보인다.

겸상의 아내 얼굴에도 거미줄처럼 늙음이 사방팔방 뻗어나 있다. 날마다 본 시간의 빗금들을 이리저리 짜 맞추어 보아도 골이 깊어서 어긋나고 만다. 그 동안의 혹사가 얼마나 지독했을까? 측은한 생각이 눈을 찌른다.

키 큰 벽 거울을 들여다본다. 한 뼘쯤 작아진 늙음이 어둡게 밀어닥친다. 맑은 물에서 못 사는 물고기 심정을 이제야 읽을 나이가 되었나 보다. 세월의 눈 귀 입을 진흙으로 척척 발라야 할 이치가 눈이 맑으니 잘도 보인다.

(시와시, 여름호)

작품의 화자는 오른쪽 눈의 "망막 출혈 수술" 후 시력이 좋아져 사물을 보다 정확하게 볼 수 있을 뿐만 아니라 마음의 눈 또한 밝아져 세상이 새롭게 보인다고 말한다. 마음의 눈이 새로워지는 데는 그만한 과정이 있은 것인데, 무엇보다 수술을 체험했기 때문이다. "망막"을 수술할 때 시력을 잃을지도 모른다는 불안감을 화자는 가졌을 것이다. 그리고 수술이 잘되면 새로운 마음으로 세상을 보겠다고 다짐했을 것이다. 그와 같은 심정은 대수술을 겪은 사람은 누구나 갖기 마련이다. "망막"이란 안구의 가장 안쪽을 덮고 있으면서 빛이 시신경을 지나 뇌로 전달되어 사물을 볼 수 있게 만드는 얇은 막이다. 그와 같은 "망막"을 수술하는 일이란 분명 대수술이다. 화자는 수술 후 찾아온 손님이나 아내의 얼굴을 자세히 보다가 모두 "금"이 가 있고 "늙음"이 거미줄처럼 쳐져 있음을 발견한다. 그리하여 그들이 얼마나 헌신적으로 살아왔는지를 깨닫는다. 오랜 세월 동안 다른 사람을 위해 헌신한 얼굴들. "맑은 물에서 못 사는 물고기 심정을" 비로소 읽은 것이다. (c)

해변의 복서 1

이 원

메아리
오래 치는 펀치

길들이 모두 사라졌다고 믿으면
그때서야
말들이 조용해졌다

당신은 떠났고 그는 죽었다

죽은 얼굴을 보았을 때 발을 붙잡았다
발은 부어올라 있고 죽은 얼굴은 납작했다
발 속에 절벽을 넣어두었구나 생각했다

절벽을 모으면 상자를 만들 수 있다
상자를 비워두면 파도를 밀어낼 수 있다

골짜기는 맨 아래가 좁다
가장 좁은 곳을 깊다고 한다

깊은 곳을 벗어나겠니

절벽에는 놓친 발들
절벽에는 꽃나무

기어오르겠니

날아오르겠니
멀어지겠니

아무도 없는 해변
해변에는 몸들이 떼어놓고 간 발자국

손은 퉁퉁 울며

복서는 어디에 있습니까

(시인시각, 여름호)

조각난 필름을 보듯 파편적 이미지들이 이어지는데 또 그것들이 일관된 분위기를 이루고 있다. 공백이 많은 연 구성이 능동적인 상상을 이끌어내고 풍부한 여운을 일으킨다. "해변의 복서"는 보이지 않고 "오래 치는 펀치"의 메아리와 "몸들이 떼어 놓고 간 발자국"만이 있다. 직접적인 언급은 없지만 "죽은 얼굴"은 복서의 것이리라. "발은 부어올라 있고 죽은 얼굴은 납작했"기 때문이다. 해변의 파도만큼이나 무수한 펀치를 날리고 맞았을 것이다. 발끝은 늘 절벽처럼 위태롭고 무거웠을 것이다. 절벽에는 복서가 놓친 발들과 그가 꺾고 싶었던 꽃나무가 있다. 어떻게 그 깊은 곳을 벗어날 수 있을까? "기어오르겠니//날아오르겠니/멀어지겠니". 복서는 죽음으로 절벽을 날아오르고 이 세상에서 멀어져갔을 것이다. 복서는 날아가고 그의 발자국만이 해변에 가득하다. 푹푹 빠지는 모래밭의 힘겨움만큼 복서에게 한 걸음 한 걸음은 절벽 같은 것이었으리라. 해변의 수평적 이미지와 절벽의 수직적 이미지의 결합이 절묘하다. (d)

겨울의 호흡

이은규

달력 한 장을 뜯어 동그랗게 말면
겨울을 향해가던 수(數)들이 멈출까
소매 속으로 숨어들까

아름다운 숫자들, 겨울에 가까운 가을이 구름 근처를 서성인다 어떤
기억은 잊었다고 말하는 순간 더 또렷해지고

찻잔을 저으며 떠올리다
녹는점이 서로 다르다는 건
타인의 취향만큼 가깝거나 멀고
어는점이 같다 해도
다행이거나 다행이지 않을 뿐

기억나는지, 호흡 한 점에 빙벽의 온 몸이 녹아내리던 풍경이 있었다
오늘은 웅크린 그림자조차 얼어붙게 하는 그날의 호흡

얼음이 녹는 0℃에서 눈물도 언다

외로움보다 더 가파른 절벽은 없다
베개 밑 시집에서 들리는 문장
문득 숫자들의 정교함, 그럼에도
절벽을 오르다 빙벽을 만날 가능성에 대해
찻잔을 젓다가 스푼이 녹을 가능성에 대해

불가능의 가능성을 오래 꿈꾼다

지나간 구름을 다시 만날 수 없는 세계에서
절벽을 부수고 그 안에 든 빙벽과 마주할 것
물에 녹는 물질로 스푼을 만들어 찻잔을 저을 것
푸른 빙벽을 바라볼 수 있도록
찻잔 속 사라지는 스푼을 바라볼 수 있도록

호흡인 듯 스미는 겨울처럼
눈을 찌를 문장, 구름의 행간에 새길 수 있을 때까지

(문학동네, 가을호)

겨울은 모든 것이 얼어붙는 매서운 계절이다. 따라서 제반 물상이 무성하게 자라는 여름과는 항상 대척점에서 상상될 수밖에 없다. 당연히 '겨울의 호흡'은 여름의 호흡과 다르다. 두려운 호흡……, 겨울을 향한 호흡은 아무래도 조심스러울 수밖에 없다. 시인이 "달력 한 장을 뜯어 동그랗게 말면/겨울을 향해가던 수(數)들이 멈출까" 하고 되묻는 것은 이 때문이다. 시인이 보기에 겨울에 이르기 전의 날들, 곧 가을의 날들은 "아름다운 숫자들"로 가득 차 있다. 하지만 지금 "겨울에 가까운 가을"은 "구름 근처를 서성"이고 있다. 눈이 될 구름……. 생각하면 무섭다. 고통의 기억이 떠오르기 때문이다. 겨울의 "어떤 기억은 잊었다고 말하는 순간 더 또렷해"진다. 삶에도 녹는점이 있고, 어는점이 있다. 사람들 사이의 녹는점과 어는점은 같기도 하지만 다르기도 하다. 따라서 그에 따라 일희일비할 필요가 없다. "호흡 한 점에 빙벽의 온 몸이 녹아내리던 풍경"의 기억도 있다. "웅크린 그림자조차 얼어붙게 하는 그날의 호흡"도 떠오른다. 때로는 "얼음이 녹는 0℃에서 눈물"이 얼기도 한다. "외로움보다 더 가파른 절벽은 없"지 않는가. 예측하고 예단하기 어려운 것이 나날의 삶이다. "찻잔을 젓다가 스푼이 녹을 가능성"도 있는 것이 현실이다. 어찌 보면 "불가능의 가능성을 오래 꿈"꾸어 온 것이 시인의 삶인지도 모른다. 어차피 "지나간 구름을", 헤어진 사랑을 "다시 만날 수"는 없다. 그렇다면 "물에 녹는 물질로 스푼을 만들어 찻잔을 저"어 볼 일이다. 그것이 불가능을 가능하게 하는 일이다. 자신의 시가 "눈을 찌를 문장"이 될 때까지, 좀 더 자세히 말해 "눈을 찌를 문장"을 "구름의 행간에 새길 수 있을 때까지"……. (b)

상엿집

— 막은골 이야기

이은봉

동구 밖 왼쪽에 쪼그려 앉아 있는 낡아빠진 상엿집에서는 늘 귀신 울음소리가 났다

끊어졌다가 이어지는 귀신 울음소리는 항상 바람소리와 뒤섞여 가슴을 저리게 했다

눈보라가 치는 겨울밤이 되면 귀신 울음소리는 온몸에 소름이 돋게 했다

얼어터진 사잣밥이 굴러다니는 정월 보름 무렵이면 상엿집 근처에도 아예 가지도 못했다

생년이는 상엿집에 고정의 문둥이가 쫓겨 와 산다고 했다

재유는 상엿집에 피속골의 미친년이 도망 와 산다고 했다

언제나 겁이 없는 재마 형은 그냥 요란스런 바람 소리일 뿐이라며 싱겁게 웃었다

상엿집에는 검고 어둡고 그윽한 무엇이 살고 있는 것이 분명했다

달빛이 환한 밤일수록 상엿집의 그것은 파란 눈빛을 희뜩이며 휘웅휘웅 울고는 했다.

(문학나무, 여름호)

어느덧 귀신은 현대인들에게 오락의 대상이 되었다. 영화 속에 무서운 귀신이 등장하는 정보를 알고 있으면서도 사람들은 돈을 내면서 보러간다. 간담을 서늘하게 하는 순간이 덮쳐올 것을 알면서도 오히려 그 오싹함을 전율로 즐기려고 찾아가는 것이다. 이제 사람들은 어지간한 귀신에는 놀라지 않고 점점 더 무서운 귀신을 찾고 있다. 영화감독은 물론 게임 작가, 소설가, 드라마 작가 등은 어떤 귀신까지 창작할 수 있을까? 사람들에게 귀신은 절대적으로 무서운 존재가 되어야 한다. 귀신은 사람들의 죄를 다 알고 있고 그에 상응하는 벌을 내릴 수 있는 존재로 인식되어야 한다. 그래야 죄를 짓기 쉬운 인간들이 스스로를 자제하고 설령 죄를 지었을 때도 진정으로 참회할 수 있는 것이다. 온 거리마다 가로등이 휘황찬란하고 CCTV가 작동되는 현대사회에서는 귀신이 살 곳이 없다. 극장에서 상업적으로 팔리고 있기에 더욱 그러하다. 그러나 "검고 어둡고 그윽한" 어딘가에 귀신이 "살고 있는 것이 분명"하다. 귀신이 아직까지 살고 있기에 인간 세계는 영위되고 있는 것이다. (ⓒ)

driver

이장욱

표지판이 맹세 중입니다.
목적지가 완성된 뒤에도 영영 그 자리에서.
강변도로에서.
화살표가 아련하게
자기 자신을 잊을 때까지.

이것은 이동이라고 부를 수 있어요?
밤의 수면에 점점이 떠오르는
뜻밖의 부유물들처럼?
부풀어 오르는 내 손가락들과
당신이 채 지워지지 않은
눈동자처럼?

지도에는 뒤돌아볼 곳이 없네.
거대한 시선으로 가득해.
달빛과 같이,
맹세를 모르는 달빛과 같이,
나는 이미 영원히
그곳에 도착해 있었네.

밤하늘을 바라보시오.
별들이 무엇을 가리키는가?
가리키는가?

지금은 달려간다는 것으로 모든 걸 이해하는 시간.
달빛을 모르는 세레나데와 함께 질주를.
의심하는
사랑하는
질주를.

표지판이 맹세 중이었다.
나는 어떤 곳에서부터 어떤 곳까지
존재하려 했다.
달빛의
부드럽고 긍정적인
수천 갈래 손가락 아래.

(현대문학, 7월)

강변도로나 고속도로를 달리는 밤 운전 중에 보게 되는 도로표지판에서 "밤의 수면에 점점이 떠오르는/뜻밖의 부유물들"을 연상한 것이 참신하다. 컴컴하던 도로에 슬며시 나타났다 사라지는 모습이 그럴 만하다. 표지판은 "맹세"하는 자세로 화살표가 자신을 잊을 때까지 영영 그 자리에 붙박여 있다. 지도와 달빛은 "거대한 시선으로 가득"하지만 표지판에는 얼마나 순간적인 시선만 머무는가. 헤드라이트가 비치는 범위에서만 그것은 "뜻밖의 부유물"처럼 잠시 떠올랐다 사라진다. 순간적인 시선만 붙들 수 있는 표지판의 몸짓은 훨씬 간절해 보인다. "나는 어떤 곳에서부터 어떤 곳까지/존재하려 했다"며 분명한 자기규정을 한다. 표지판의 맹세는 굳세고 몸짓은 간절하다. 사랑에 빗대자면 표지판의 사랑은 절박하고 헌신적인 것이다. 자신이 영원한 사랑의 대상이 아니라는 것을 알지만 한순간이라도 빛나는 시선을 받고 싶어 하는, 상대가 떠나간 후에도 변치 않는 자신의 사랑을 다짐하는. (d)

추석

이재무

쉰다섯은 시름시름 앓기 시작한
아부지의 나이다. 엄니 돌아가신 뒤
두어 해 뒤꼍 그늘처럼 사시다가
인척과 이웃 청 못이기는 척
새어머니 들이시더니
생활도 음식도 간이 안 맞아
채 한 해도 해로 못하고 물리신 뒤
흐릿한 눈에
그렁그렁 앞산 뒷산이나 담고 사시다가
예순을 한 해 앞두고 숟가락 놓으셨다.
그런 무능한 아비가 싫어
담 바깥으로만 싸돌았는데
아, 빈 독에 어둠 같았을 적막
오늘에야 왜 이리 사무치는가.
내 나이 쉰다섯, 음복이 쓰디쓰다.
크게 병들었는데 환부가 없다.

(시에, 가을호)

추석날 아침이다. 시인은 문득 자신의 나이가 쉰다섯이라는 생각
에 빠져든다. 차례를 지내고 음복을 한잔하고 나니 이런저런 회한이 밀
려온다. "쉰다섯은 시름시름 앓기 시작한/아부지의 나이다." 벌써 이렇
게 나이를 먹다니! 생각할수록 시인은 아버지가 안쓰럽다. "엄니 돌아가
신 뒤/두어 해 뒤꼍 그늘처럼 사시"던 것이 아버지이다. 그러다가 아버
지는 "인척과 이웃 청 못이기는 척/새어머니"를 들이셨다. 하지만 아버
지는 새어머니와 잘 맞지 않았다. "생활도 음식도 간이 안 맞아/채 한 해
도 해로 못하고" 아버지는 새어머니를 "물리"셨다. 그런 아버지는 "흐릿
한 눈에/그렁그렁 앞산 뒷산이나 담고 사시다가/예순을 한 해 앞두고"
세상을 떠나셨다. 그때도 시인은 "무능한 아비가 싫어" "담 바깥으로만
싸돌"아 다녔다. 그런데 어느새 "시름시름 앓기 시작한/아부지의 나이"
가 되다니! 추석날 아침인 오늘에야 시인은 아버지의 "빈 독에 어둠 같
았을 적막"에 사무친다. 아버지의 마음도 나와 같지 않았을까. 그러니
추석 차례 후의 "음복이 쓰디"쓸 수밖에 없다. 마침내 시인은 "크게 병들
었는데 환부가 없다"고 생각한다. 마음에 든 병 때문이리라. (b)

돌의 환(幻)

이재훈

부러진 돌부리에 채인다

굴러다니는 돌이 아니라

올곧게 서 있다가, 부러진 돌

창과 칼 혹은 바람이

돌의 몸을 반 동강 냈을 것이다

사방이 어둠이었고

나를 길에 내던졌던 사람들의 눈빛만

어둠 속에서 반짝하던 밤들이었을 때

발바닥 돌덩이가 내 존재를 떠받칠 때가 있다

돌이 내 집을 떠받치고,

아버지의 약속을 떠받칠 때

돌 위에 피의 흔적이 있다

돌은 깨져도 죽지 않는다

돌은 썩어갈 육체를 갖고 있지 않아

언제나 채이고 밟히고 놀아난다

돌에 의해 소멸한 것과 태어난 자리가 한 몸이 되는

이 모든 찰나를 지켜본 돌

어둠 속에서 세상이 어지럽게 돌기 시작하면

나는 흔들거리는 운명을 본다

흔적 없이 왔다간

당신의 영혼에 몰래 깃들고 마는 돌

부처의 얼굴도 만들고, 예수의, 마리아의 몸도 만드는

성육신인 돌
영원을 살고 있는 길 위의 돌
돌로 만들어진 뭇사람 하나
그 무성한 골짜기의 돌

(시를 사랑하는 사람들, 1-2월호)

작품의 화자는 "돌"을 든든한 혹은 성스러운 대상으로 인식하고 있다. 화자는 세상살이에서 이리저리 채이고 밟힌 상처며 놀림을 당한 아픔을 가지고 있다. 그리하여 그 많은 상처와 아픔을 안은 채 자신의 운명이 흔들리는 것을 바라본다. 더 이상 출구를 발견할 수 없다고 절망하는 것이다. 심지어 화자는 자신의 육체가 아프고 썩을 수밖에 없고 언젠가는 죽어야만 하는 존재라는 사실까지 생각한다. 이와 같은 화자에게 "돌"은 든든한 혹은 성스러운 존재로 다가온다. "돌"은 피의 흔적을 가지고 있고, 깨지고 채이고 밟힌 기억을 가지고 있지만, 결코 상처 받지 않는다. 육체를 가지고 있지 않기에 죽지도 않는다. 그리하여 그 모든 고통과 힘듦과 억울함과 유한함을 껴안고 있다. "돌"이 "부처의 얼굴도 만들고, 예수의, 마리아의 몸도 만드는/성육신"을 수행할 수 있는 것은 그와 같은 조건을 갖추고 있기 때문이다. 화자는 "돌"의 그 위대함을 받아들여 오늘 "돌" 위에 서 있다. ⓒ

바람의 구문론

이종섶

바람은 형용사다 나무를 흔들리게 하고 깃발을 휘날리게 한다 나무와 깃발 같은 것들 앞에 흔들린다와 휘날린다를 붙이는 것은 목숨과도 같아서 그런 표현이 사라지면 흔적조차 사라져버리는 것이다 바람은 동사도 된다 바닥에 있는 것들을 날아가게 하고 무생물체까지도 움직이게 한다 생명을 가지고 있는 것들이야 바람 따라 움직이지 않겠지만 생명이 없는 것들은 바람 부는 대로 움직이며 생명을 흉내낸다 바람을 통해 잠깐씩 살다 가는 목숨들이 아주 많다 바람은 접속사 역할도 한다 나무와 나무를 이어주며 꽃과 꽃을 연결하고 사람과 사람까지도 만나게 한다 바람이 없으면 외롭게 살다가 저 혼자 마감하는 세상 바람이 있어 서로가 손길을 스치고 눈빛을 주고받으며 마음을 나눌 수 있는 것이다 바람은 그러나 명사는 아니다 명사의 형질이 없어 무엇이든 명사로 보이는 순간 힘 한 번 쓰지 못하고 그 자리에서 죽어버린다 꾸며줄 수도 있고 움직여줄 수도 있으나 대상 그 자체는 결코 되지 못하는 비문(秘文) 바람은 그러므로 존재사다 모든 것이 되고 싶으나 아무 것도 되지 않는다 한 점 미련도 없이 대상의 존재를 다양하게 그려내는 문법에 만족한다 명사와 명사 사이에 불기도 하고 한 명사를 불어 다른 명사를 불게도 하는 구문론 읽을수록 끝이 없고 쓸수록 신비롭다

(애지, 봄호)

작품의 화자는 "바람"의 속성을 통해 인간 세태를 비판하고 있다. "바람"은 "명사"가 아닐 뿐만 아니라 결코 그와 같은 것을 추구하지 않는다. 그에 비해 인간은 오히려 "명사"가 되려고 야단을 떨고 난리이다. 인간에게 명예며 권세를 준다는 학교, 전공, 직책, 경력, 계급, 순위 등등은 모두 "명사"이다. "바람"은 인간과 다르게 "한 점 미련도 없이 대상의 존재를 다양하게 그려내는 문법에 만족"하고 있다. 세상의 나무들이나 깃발들이 살아가도록 흔들어주기도 한다. 바닥에 놓인 것들이 날 수 있도록 밀어주기도 한다. 나무들이며 꽃들이며 사람들이 서로 "손길을 스치고 눈빛을 주고받으며 마음을 나눌 수 있"도록 연결시켜주기도 한다. 그리고 마침내 "아무 것도 되지 않는다". 물론 인간들 중에서도 "바람" 같은 존재가 있는 것이 사실이다. 그렇지만 수행 정도를 비교할 수는 없다. 참으로 숭고한 "바람"의 무소유! ⓒ

오늘

이종수

오늘의 꽃은 내일 다시 볼 수 없다고
어느 철학자는 말했다
작년에도 피었고 내년에도 필 것이니
그만하면 된 것 아니냐고 넘어가서는 안 된다고
그럼 봄은 없는 것이라고

오늘 하지 못한 말은
내일 할 수 있지만
오늘 같지는 않다는 것을
오늘 보지 못한 숲과 꽃들은
내 마음 한쪽을 떼어내어 달아나버렸다
일종의 궤양 같은 것이다
몸은 알고 있다
마음이 어쩌고 정신이 어쩌고 해도
몸은 물꼬다
고인 것을 흘러가게 하고
흘러가는 것을 잠시 비끄러매두는
몸이 아니고는
어느 날 갑자기 쓰러지고 마는 것이다
그 길로 누워서 맞이하는
오늘만 있게 되는 것이다

그래서 바다는 진중함 속에

달을 가리고 하늘 마루를 만들면서
뒤채이며 광활함을 다룰 줄 안다

오늘에 기뻐하라
오늘도 무사히!
오늘의 명언을 만들어내고
오늘의 우스갯소리를 만들어내고
오늘의 꽃을 보고 말해야 한다
심심할 때는 놀아야 한다
버려야 한다
삭혀야 하고 아침 해가 뜨면
사래 긴 오늘을 매야 한다

오늘을 넘기지 말아야 한다

오늘 나는
사랑한다고 말할 것이다
말하고 있다
지금

(충북작가, 하반기)

　　　"오늘" 핀 "꽃"이 다음날까지 지속된다고 하더라도 다음날의 "꽃"은 분명 다른 것이다. 또한 "오늘" 전할 "말"을 다음날 전할 경우 차이가 날 수밖에 없다. 사실 "몸"은 그와 같은 이치를 잘 알고 있는데, 욕심으로 가득 찬 우리의 마음이 가로막고 있는 것이다. 가로막을 뿐만 아니라 우리의 이익을 위해 왜곡시키거나 과대평가하거나 평가 절하하거나 심지어 폐기 처분까지 감행한다. 따라서 "오늘을 넘기지" 않으려고 하는 화자의 세계 인식은 중요하다. "오늘" 속에 우리의 기쁨과 사랑과 행복과 또 영원함이 있다. "오늘" 우리의 육신을 다 쓰는 것은 결코 타락하거나 비관적으로 행동하는 것이 아니다. 오히려 우리의 운명을 낙관하는 것이다. 처절하게 낙관하는 것이다. (c)

일반4호실

이홍섭

누가 이른 나이에 세상을 떴는지
화환도 없고
문상객도 겨우 두엇이다

특실로 가는 화환이 긴 터널을 이루는 동안에도
화환 하나 놓이지 않는 곳

신발들도 기대어 졸고 있는데
특실로 가는 문상객이 그마저 어깃장을 놓는다

성근 국화처럼
벽에 기대어 있는 젊은 아낙과, 문 뒤에 숨어
입구까지 덮쳐오는 긴 터널을 바라보고 있는 앳된 소녀

삼일장도 너무 긴

일반 4호실

(문학사상, 7월)

죽음 앞에서는 모두가 동등하다는 말도 다시 생각해봐야 할 것 같다. 장례식장에서는 '일반'적인 죽음과 '특'별한 죽음의 구분이 뚜렷하다. 이 시에서 '일반4호실'은 '특실'의 위세에 밀려 더욱 초라하고 쓸쓸해 보인다. 일반4호실에는 화환 하나 놓여 있지 않은데 특실은 화환이 긴 터널을 이루고 있다. 이 시에서는 단순히 양쪽의 처지를 비교하는 데서 그치지 않는다. 특실의 문상객과 화환이 일반실 쪽으로 계속 침범해 들어오는 것을 간파한다. "입구까지 덮쳐오는 긴 터널"이라 하여 특실의 횡포와 위세가 도를 더해가는 것을 주목한다. 일반4호실의 상주인, 성근 국화처럼 초라한 아낙과 앳된 소녀 앞으로 덮쳐올 길고 어두운 고난의 터널을 암시하는 것 같아 더욱 불길하다. 이 시는 죽음에 관한 시가 아니라 삶에 관한 시이다. 날로 심각해지고 있는 사회적 삶의 격차를 생각해보게 하는 시이다. (d)

부레옥잠

이희섭

연보랏빛 미소로 다가왔다가
서둘러 감춰버리는 꽃

빛나는 꿈을 가졌으면서도
수줍게 몸을 숨기는 잠

물에 뜨려면 물을 멀리해야 한다고
담근 발을 빼려 하는 물 묻은 잠

뿌리를 땅속에 박는다는 것은
새로운 슬픔의 시작이라고

부레를 떼어내고 가라앉은 물고기를 찾아
떠다니는 잠

유랑이 곧
그의 서식지인 것을
물길의 끝에서 보니 알겠다

누구의 꽃으로도 불려지지 않는
단 하루만 피는 잠

(다층, 겨울호)

시인은 물속에 뿌리를 잠그고 사는 수생식물인 "부레옥잠"의 생태를 묘사하며 무의식과 의식의 세계인 현실과의 관계를 암시한다. "연보랏빛 미소"처럼 아름다운 꽃을 피웠다가 서둘러 지우고, "빛나는 꿈을 가졌으면서도" 드러내지 않는 "잠", 그 부레옥잠은 수줍은 새색시를 닮았다. 물속은 "잠"의 세계요 "빛나는 꿈"을 꾸는 무의식적 공간이라면 "연보랏빛 미소"와 "꽃"은 현실로 진입한 욕망의 기표일 것이다. 그런데 물 위에 살면서도 "물을 멀리 해야 한다고/담근 발을 빼려 하는" 그 이중성은 욕망이 의식의 세계인 현실로 진입하며 겪어야 하는 타자와의 갈등 때문이다. 그러한 부레옥잠이 물을 버리고 "뿌리를 땅속에 박"고 산다는 것은 자신의 욕망을 포기하며 "새로운 슬픔"을 감당해야 하는 것이다. 그래서 물위에 떠다니며 "부레를 떼어내고 가라앉은 물고기", 즉 현실로부터 받은 억압 때문에 소외되어 있는 참된 욕망의 실체를 찾으려 한다. 그런 부레옥잠은 '유랑이 서식지' 일 수밖에 없으며, "꽃"은 진정한 욕망의 실재를 다 드러내지 못하는, "누구의 꽃으로도 불려지지 않는" 기표일 뿐이다. (a)

물가에서

임승빈

제 그림자까지를 일으켜 세운
물푸레나무가 다시 물푸레나무로 서서
눈길 멀리 하늘가에 두고 있다
발치 끝 흐르는 물소리 듣고 있다
온몸의 물이란 물 모두 짜내어
물소리로 흘려보내고 있는 한 중년이
수없이 분절된 매 순간의 시간 속을 역시
잘게 채 썰린 모습으로 물가에 앉아 고요하다
물푸레나무 잎을 흔들던 바람이
그 중년의 늑골 아래께를 빠져나와
저 먼 하늘 속을 사라지고 있다

(시와표현, 겨울호)

서로 다른 욕망을 품은 채 얽혀 살아가고 있는 동안에도 강물은 쉼 없이 흘러간다. 그 물가에 뿌리내린 "물푸레나무"는 곧 "물가에 앉아 고요"한 "중년"을 대신한다. 때는 이미 정오를 지나 길게 잠겨있던 "제 그림자까지를 일으켜 세운/물푸레나무"는 흐려지는 눈을 닦아 청춘의 푸른 꿈을 흘려보내던 "하늘가"를 다시 바라보고 있다. 그리고 "온몸의 물이란 물", 그 남은 생명력을 모두 짜내어 드넓은 바다로 흘려보낸다. "수없이 분절된 매 순간" 칼날 같은 세파에 부대끼느라 "잘게 채 썰린 모습"으로 피땀이 얼룩진 자신의 발자취를 돌아보며 점점 깊어가는 강물을 응시하고 있다. 지난날의 희로애락과 영욕이 더 나은 미래로 가는 발판이요, 힘이 되리라고 믿으면서…… 그럴 때 "물푸레나무 잎을 흔들던 바람"도 자고 "늑골 아래께"서 욱신거리던 상처도 가라앉아 아픔은 오히려 가벼운 바람이 되어 "먼 하늘 속을 사라지고 있다". ⓐ

헌화가

장만호

근처 커피숍에 나왔다가 들른 공동 화장실
술에 취한 노인이 거울과 이야기하고 있다

곁에 누가 있다는 사실도 모르는 듯
운다. 울면서 거울에게 이야기한다.
나는, 아빠는, 자기 몸은 가눠,
너, 못 봐도,
괜찮아, 그래그래
엄마한테는, 아빠가, 아빠가, 다녀왔어,
잘 있지 뭐, 묘지에, 나 같은 사람도, 있더라고
네 엄마한테, 쑥부쟁이, 그 쑥부쟁이 꽂아 주고
한잔했어, 아빠가, 흐흐,

찬물로 얼굴을 씻고 노인이 나간다
노인이 있던 자리에 서서 거울을 본다
거울 속에 노인이 있고
노인의 딸이 있다
공원묘지가 있고 흐린 구름이 있고
쑥부쟁이 옆에 자빠진
처음처럼이 있다
화장실 밖 호프집
노인은 붉은 얼굴로 다른 노인과 술을 마시고 있다
저 노인 또 울 것만 같다

(세계의문학, 겨울호)

혼잣말을 잘 하는 사람들은 평소 오히려 말수가 적다고 한다. 이 시에서 거울과 이야기하고 있는 노인은 술의 힘을 빌려 딸에게 하고 싶은 얘기를 거울에 대고 하는 중이다. 그러니까 거울 속에는 노인의 딸이 있을 것이다. 아내도 죽고 딸마저 옆에 없는 노인의 고독한 처지가 오롯이 드러난다. 거울에 대고라도 이야기하지 않으면 견디기 힘든 상태일 것이다. 이 거울 앞에 서기 전 노인은 공원묘지에 들러 아내의 무덤에 쑥부쟁이 꽃을 꽂아주고 술을 마셨을 것이다. 무덤가에 흔한 쑥부쟁이 꽃으로 화환을 대신했지만 마음만은 헌화가의 노인만큼 간절했을 것이다. 쑥부쟁이 옆에 자빠진 소주병의 이름은 아이러니하게도 '처음처럼'이다. 마음과 현실은 이렇듯 속절없이 어긋난다. 흔히 거울은 자신을 들여다보는 시선과 연결되는데 이 시에서는 낯선 노인의 고독을 엿보고 있다. 노인이 죽은 아내에게 바친 꽃은 헌화가의 노인이 수로부인에게 바쳤던 꽃과 다르지만 한층 애절하다. 타자의 고독과 슬픔을 바라보는 눈길이 쓸쓸하면서도 따스하다. (d)

풍선놀이

전건호

빨주노초파남보
나는 무지갯빛 고무풍선
당신의 입술만 스쳐도 부풀어 올라요

둥글어지는 만큼 한 세상 들어올리고 싶어요
하늘을 수놓는 풍선들과
어깨 나란히 구름을 향해 둥둥 떠오르는 거죠

칼바람 님바람 돈바람 신바람
에 부풀어
하늘로 날아오르는 기분을 아시는지

티끌처럼 지상은 아득해지고
결코 넘을 수 없던 산들이 구겨진 이불같이 펼쳐질 무렵
눈을 현혹하던 구름 위로 날아오르다
헌옷처럼 추락해 거리를 뒹굴던 기억 수도 없어요

허공엔 바람으로 부푼 풍선들로 붐비고
허파에 바람 든 지상의 시선들이 시샘을 해요

알록달록 구름위로 고개 내밀다
발그라니 달아올라 터져버린 몸
널브러진 노숙자의 눈 속으로 사라지길 반복할지라도

바람 부는 세상이 따뜻한 걸요

지긋지긋 허기진 당신들
터질 듯 바람 한번 불어넣어 드릴께요
달의 뒤편까지 날아보세요

(문예연구, 봄호)

사람들은 비록 오늘은 춥고 어두운 밤을 보낼지라도 내일은 무지개에 닿으리라는 꿈을 안고 사는 양면적 존재인지도 모른다. 그래서 몸은 땅에 발을 붙이고 살지만 "빨주노초파남보" 고운 고무풍선처럼 부풀어 구름보다 더 높이 날아오르려 한다. 그러나 욕망의 풍선에 진정한 가치를 추구하려는 꿈이 아니라 "칼바람 넘바람 돈바람 신바람" 등 헛되고 통속적인 것들로 가득 채우고 날아오르기 쉽다. 그러면 "티끌처럼 지상은 아득해지고" "산들이 구겨진 이불같이" 하찮게 보여 하늘 끝까지 높아지려다 추락하여 '헌옷처럼 거리에 나뒹굴던 기억'이 수없이 많다. 권력과 명예와 물질을 최고의 가치로 여기며 우상처럼 숭배하는 시대에 "허파에 바람 든 지상의 시선"들은 서로 시샘하며 다투어 날아오르다 끝내 터져버린다. 그리하여 다시 "노숙자의 눈 속으로 사라지길 반복"하는 그릇된 시대의 풍조를 풍자적으로 꼬집고 있다. 시인은 차라리 "허기진 당신들"을 위해 "달의 뒤편"까지 날아볼 수 있도록 "터질 듯 바람 한번 불어넣어 드릴께요"라며 조롱을 한다. 그곳엔 지상보다 더 어둡고 차가운 날이 기다리고 있을 텐데 그저 방울방울 피땀 흘리며 넘지 못할 고개라도 올라가볼 일이다. ⓐ

무명(無明)

전기철

자유야, 너는 얼마짜리냐.
평등아, 네 스펙은 무엇이냐.
진보와 보수의 장사치들 사이에서
죽어가는

자유야, 미안하다.
평등아, 나는 거짓말쟁이다.

시장 통에 빠진
이 시대에
나는 한 번도
부자들을 증오한다고 말해 본 적이 없다.

가난한 사람들의 지옥에 사는
평등아,
부자의 하수인들이 설치는 거리에 사는
자유야,
나는 가진 자들과 공범이다.

바람둥이 플로베르보다 못하고
아편쟁이 콜리지보다 못한
나는
도둑고양이처럼

염치도 없이
브레히트만 열한 번째 읽고 있다.

(시와소금, 여름호)

프랑스대혁명(1789) 이후 인류가 추구해온 최대 가치는 자유, 평등, 사랑(박애)이다. 이 보편적인 세 개의 가치를 실현하기 위해 인류는 그동안 피나는 투쟁을 해왔다. 한국 현대사의 온갖 질곡도 근본적으로는 이 세 개의 가치를 바로 실현하는 데 놓여 있다. 시인은 지금 이 세 개의 가치 중 두 개의 가치를 중심으로 자신에게 되묻고 있다. 이때의 두 개의 가치는 물론 자유와 평등이다. 우선 시인은 객관적으로 질문한다. "자유야, 너는 얼마짜리냐./평등아, 네 스펙은 무엇이냐." 하지만 자유에 가격이 있을 리 만무하다. 평등에 스펙이 있을 리 만무하다. 이어 시인은 "진보와 보수의 장사치들 사이에서/죽어가는" 자유에게 미안하다고 사과하고, 평등에게 "나는 거짓말쟁이"라고 고백한다. 생각해보니 시인은 자유와 평등을 위해 싸운 적이 없다. 뿐만 아니라 시인은 "시장 통에 빠진/이 시대에" "한 번도/부자들을 증오한다고 말해 본 적이 없다." 그의 이런 반성과 성찰은 시인으로 하여금 "나는 가진 자들과 공범이"라는 고백에까지 이르게 한다. 정말 시인이 "가진 자들과 공범"일까. 믿기 어려운 일이다. 하지만 그가 "바람둥이 플로베르보다 못하고/아편쟁이 콜리지보다 못한" 것은 사실이다. 급기야 그는 자신이 "도둑고양이처럼/염치도 없이/브레히트만 열한 번째 읽고 있다"고 중얼거린다. 시인의 반성과 성찰이 독자의 가슴을 깊이 친다. (b)

끈 타령

전다형

끈 놀이에 빠졌다 탯줄을 끊는 순간 맨 처음 해본 놀이다 새끼 끈 노
끈 지끈 고무줄 두레박 허리끈 치마끈 가방끈 끈이란 끈 다 끊어봤던 끈
이 달려왔다

내 배꼽에 매달린 탯줄을 끊는 순간부터 평생을 끈에 매달려 살았다
이 세상 사람들 어머니 치마끈 풀면서 태어났고 아버지 허리끈 풀면서
아내 치마끈 벗어날 수 없었다

목숨 줄 놓는 날이 끈 놓는 날이다 끈 숭배자들이 나날이 태어났다 끈
의 자식들이 줄줄이 끈에 매달렸다 날로 끈이 번창했다 끈끈한 끈들이
지배하는 세상이 도래했다

매고 끊고 잇고 끈에 목매달고 끈덕지게 살았다 질기고 튼튼한 노끈
에 줄줄이 허리춤에 꿰찼다 세세만만 년 줄줄이 끈을 살렸다 학연 인연
줄줄이 살아났다 아침저녁 넥타이로 일생을 묶는 끈 놀이 끈 타령

배꼽이 맨 먼저 부른 노래다

(문학청춘, 여름호)

작품에서 "끈"은 생래적이거나 사물적인 대상이기보다는 사회적인 대상을 상징한다. 다시 말해 "끈"은 "탯줄"이나 "새끼 끈 노끈" 같은 대상이기도 하지만 "가방끈"의 의미가 더 큰 것이다. 사람들은 그 "끈"의 기회를 잡으려고 애를 쓴다. 진학을 하거나 각종 단체에 가입하거나 동호인을 만들거나 정치적 활동을 하거나 심지어 신앙까지 갖는다. 때로는 "끈"의 기회를 가질 수 없다고 낙담해 스스로 운명을 끊기도 한다. 사람들이 "끈"을 이으려고 고군분투하는 모습을 부정적으로 볼 일은 아니다. 인간이란 사회적 구성원으로 살아갈 수밖에 없는 존재이므로 "끈"이 필요한 것이다. 튼튼하고 즐거움을 주는 "끈"을 깨끗하게 찾을 일이다. ⓒ

부평 4공단 여공

정세훈

늘 그녀들로부터 위축되어 있었다
맘에 드는 상대가 나타나도
내 처지만 생각하면
적극적으로 나서질 못했다
가까이 접근을 하면
공돌이 주제를 파악하지 못하고 있다며
면박을 줄 것만 같아 그냥 지나치고 말았다
궁여지책으로 펜팔을 했다
펜팔 업체로부터 소개받은 그녀는
부평 4공단에서 여공으로 일하고 있었다
그립다, 보고 싶다, 사랑한다는 말 대신
연장 작업, 휴일 특근작업, 36시간 교대작업,
공장생활의 고단한 이야기들이 오고갔다
아프지만 병원 갈 돈이 없다는 소식이 오고갔다
"아프지만"이란 소식에
그녀가 보고 싶어졌다
"병원 갈 돈이 없다"는 소식에
서로 사랑하게 되었다

(시에, 여름호)

"공돌이"인 작품의 화자는 여자 친구를 사귀고 싶어도 자신의 처지를 잘 알고 있기 때문에 쉽게 용기를 내지 못한다. 맘에 드는 여성이 나타나도 면박을 받을 것 같아 포기하고 만다. 그리하여 펜팔 업체로부터 소개를 받아 펜팔을 시작하는데, 상대는 "부평 4공단에서" 일하는 "여공"이었다. 서로가 주고받은 편지의 내용은 "그립다, 보고 싶다, 사랑한다"와 같은 것이 아니라 "연장 작업, 휴일 특근작업, 36시간 교대작업" 같은 것이었다. 서로는 이와 같은 내용에 관심을 가질 수밖에 없는 처지에 있었다. 그리하여 마침내 "아프지만 병원 갈 돈이 없다"는 그녀의 소식에 사랑을 이룬다. 한 편의 영화 같은 이 슬프고도 아름다운 사랑의 노래는 문학의 감동이 어디에서 오는가를 떠올려준다. 문학의 감동은 견고한 플롯에서 오는 것이지만, 구체적인 내용도 그에 못지않게 중요하다. 한 인간 존재로서 겪는 고통이나 절망이나 욕망 등을 솔직하고도 구체적으로 보여주었을 때 독자들은 감동하는 것이다. (c)

물억새 자지러지는 밤

정우영

달래강 뒤편을 걷고 있는데 물억새들이 꼬리를 물고 따라왔다. 어떤 놈은 소곤거리고 어떤 놈은 위협하고 또 어떤 놈은 음탕하게 유혹했다. 나는 부러 발걸음을 타닥거리며 위용 있는 수컷처럼 굴었다. 발걸음 재 우쳐 걷는 동안 허리가 뻣뻣해졌으나 마네킹 같은 자세는 풀지 않았다. 급히 걸을수록 놈들의 기세도 뻗쳐올라 자꾸만 내 앞을 가로막았다. 나 는 지나가는 자전거 불빛을 낚아채 재빨리 휘둘렀다. 깜박이는 자전거 불빛이 훑고 지나가자 놈들은 금세 몸태를 누그러뜨리며 나긋나긋해졌 다. 보드라운 풀의 이미지로 돌아가 봄나비처럼 나풀거렸다. 곧 그믐도 여리해져 하류를 감돌던 긴장과 공포의 동일시도 슬그머니 잦아들었다. 그리고 보면 물억새들도 본래는 그리 억센 품성들이 아니었던 모양이다. 늦가을 그믐이 그들을 홀려 잠시 여시 흉내를 내었던 것일까. 내 손길 닿 자 솜사탕 풀풀 날리며 물억새가 자지러진다. 물위를 미끄러진 바람이 달을 데려가고 있다.

(작가들, 여름호)

　　"달래강 뒤편"이 뜻하는 것은 무엇일까. "물억새들이" 상징하
는 것은 무엇일까. 이 시만으로는 알기가 쉽지 않다. 아무튼 시간은 물억
새들이 자지러지는 밤이다. 화자는 지금 "달래강 뒤편을 걷고 있"다. 그
런데 "물억새들이 꼬리를 물고 따라"오고 있다. 따라오면서 "어떤 놈은
소곤거리고 어떤 놈은 위협하고 또 어떤 놈은 음탕하게 유혹"한다. 밤이
라는 시간도, 달래강 뒤편이라는 공간도, 물억새들이라는 대상도 음험
하고 수상하다. 이처럼 부정적이기는 하지만 그 내포를 바로 알기는 어
렵다. 하지만 이들이 부정적인 이미지를 갖고 있는 것만은 분명하다. 물
론 이는 현실에서 경험한 상황이 아니라 꿈에서 경험한 상황일 수도 있
다. 어쨌거나 화자는 물억새들의 속삭임과 위협과 유혹에 "발걸음을 타
닥거리며 위용 있는 수컷처럼" 군다. "마네킹 같은 자세", 뻣뻣한 자세를
풀지 않는다. "급히 걸을수록 놈들의 기세도 뻗쳐올라 자꾸만" 시인의
"앞을 가로막"는다. 급기야 시인은 "지나가는 자전거 불빛을 낚아채 재
빨리 휘"두른다. "깜박이는 자전거 불빛이 훑고 지나가자 놈들은 금세
몸태를 누그러뜨리며 나긋나긋해"진다. 불빛 앞에서는 "보드라운 풀의
이미지로 돌아가 봄나비처럼 나풀거"리는 것이다. 이때의 불빛은 무엇
을 상징할까. 투명하고 정직하고 진실하고 순수한 무엇이 아닐까. 마침
내 "그믐도 여리해져 하류를 감돌던 긴장과 공포의 동일시도 슬그머니
잦아"든다. "물억새들도 본래는 그리 억센 품성들이 아니었던 모양이
다." 그믐에 홀려 잠시 "여시 흉내를" 냈던 것일까. "손길 닿자 솜사탕
풀풀 날리며" 자지러지는 물억새들이라니! "바람이 달을 데려가"면서
세상이 점차 밝아지고 있다. (b)

월문리(月門里)
— 정비 수첩 5

정원도

허리 펴고 하늘 한 점 바라볼 틈 없도록
널브러진 기계 속이 어지럽다 언제 주변이 어두워졌는지는
별빛이 내려와 흙먼지 뒤집어 쓴 얼굴을
벌처럼 톡톡 쏘아댈 쯤에야 알아차린다

달에도 들어가는 문이 달려 있는 줄
쏟아지는 달빛이 모닥불을 피우듯
까만 어둠을 피워 올리는 것을 보고서야 안다
그 문을 통해서 무수한 정령들이 내려와
야근에 지친 내 몸을 토닥여주는 것이다

그들에게는 내려오는 시간이 따로 없으므로
돌아가야 할 시간도 따로 없이 밤을 지새워야 한다
배꽃만 설국인 양 흐드러지게 피고 있던 밤
월문(月門)을 통해서 내려오는 달빛을 맞으면 배꽃도 곱절로 빨리 피
어나듯
그런 날은 내 아프던 허리와 어깨도 곱절로 빨리 아물었다

밤이 이슥토록 설핏 일손을 멈추고
닫힌 달의 문을 열고 들어서면
빼꼼히 온 마을이 정적에 싸여 잠을 청하는 모습에
이별 긴 아버지가 불쑥 떠올랐다.

(시와시, 봄호)

작품의 화자는 정비하는 일에 열중하다가 언제 날이 저물었는지
도 몰랐다. 그런데 하루의 저녁을 알린 것은 시계나 핸드폰 같은 문명
의 기기가 아니라 별빛과 달빛이었다. 이와 같은 사실에서 이 작품의
분위기는 농경사회를 연상시킨다. 정비를 끝내고 귀가하는 한 노동자
의 모습이 마치 논을 갈고 밭을 매다가 날이 저물어 집으로 돌아오는
농부와 같은 것이다. 그리하여 작품의 화자는 달빛을 "야근에 지친 내
몸을 토닥여주는" 대상으로, "내 아프던 허리와 어깨도 곱절로 빨리"
낫게 해주는 대상으로 인식한다. 위의 작품이 다소 낯선 것은 그만큼
우리 사회가 달라졌음을 반증한다. 비유하자면 육체적 노동이 지배한
20세기 중반 이후의 노동이 아날로그적인 것이었다면 21세기의 노동
은 디지털적인 것이다. 이렇게 세상은 변하고 있다. 그렇지만 귀가하는
자식을 걱정하는 "아버지"의 사랑은 여전하다. (c)

장마

정진경

링거액이 몸 안에 집을 지어
공중누각들을 무너뜨린다

비밀스런 공사장에서 맞은 망치의 상흔
두꺼운 딱지로 아물었다 생각했는데
몸은 그것을 낙인으로 기억하고 있다
병원 진단서에 기재된
'충수염 진공된'
그 망치는 여전히 내 뒤통수를 때려
오장육부 내장 깊숙한 곳에 구멍을 파 놓았다

정처 없이 길 헤매던 보헤미안의 시간
설빙에서 추락하는 헛꿈에 시달린 것은
그 망치질이 원인이다

사나흘 쏟아져 들어오는 링거액이
메마른 나를 통통하게 살 오르게 한다
촉촉한 물풀이 자라자 내 몸은 자꾸
점프,
점프를 하고 싶어 한다
'고통 없는 세상 저 너머로'
궁핍한 이들의 희망적 메시지가 발돋움 한다
이것은 또한 핍박을 제공하는 근원처

세상은 아랫것들이 점프하는 걸 허용하지 않는다
점프하려 하면 야무지게 꾹꾹 눌러
망치질을 한다

금속성 메스로 몸을 가르고
링거액을 혈관에 들이붓는 며칠 동안
가뭄은 잠시 해소된다

세상에 파종하지 못한 말(言) 대신 몸이 점프, 점프를 한다

가열하던 태양이 잠시 나를 비켜간다

(작가와사회, 봄호)

작품의 화자는 자신이 "충수염"에 걸린 이유가 개인적인 차원보다는 사회적인 데 있다고 인식한다. 맹장 끝에 달린 충수돌기에 염증이 발생한 데는 식사 습관이나 생활 습관 등에 문제가 있어서이겠지만, 그 습관들조차 사회의 영향으로 만들어졌다고 보는 것이다. 마치 환경에 적응하지 못해 스트레스가 생긴 경우와 같다는 것이다. 스트레스가 지속되면 위궤양을 비롯한 신체적 질환이나 불면증 비롯한 심리적 질환을 가져오는 것은 이미 의학적으로 증명되었으므로 "충수염"에 대한 화자의 진단이 억지만은 아니다. 화자는 자신의 아픔이 어디에서 연유되었는지도 잘 알고 있다. 그것은 "비밀스런 공사장에서 맞은 망치의 상흔"을 치유하지 못했기 때문이다. 비밀스러운 공사장이란 "아랫것들이 점프하는 걸 허용하지 않는" 곳이다. 그곳을 지배하는 구성원들은 "점프하려 하면 야무지게 꾹꾹 눌러/망치질을" 가한다. 그리하여 화자는 며칠 동안 링거액을 맞으며 그 상처를 치료하고 있다. 그렇지만 점프하고 싶은 욕망을 제어하기는 힘들다. "말(言) 대신 몸이 점프, 점프를" 하는 것이다. 화자는 링거액을 맞으며 입원한 동안을 "장마"로 상징하고 있는데, 지구가 망하지 않는 한 그칠 것이다. 그러니 점프, 점프! (c)

할미꽃들

정진규

앞 뜨락 꽃사과 곁에 한 무더기, 뒷 뜨락 장독대 앞에 한 무더기 수염도 실하게 꽃잎 도톰하게 튼실한 할미꽃들 어머니 무덤가에 두 가닥 겨우 솟은 할미꽃이 애처로워 장독대 할미꽃 세 가닥 덜어내 보태드렸는데 양달도 소용없어라 오늘 올라가 보니 역시나 애처로운 편으로 고개 떨구고 있었다 모두 제자리가 따로 있는 법, 옮겨가면 몸살을 앓는 법 오늘도 눈으로 깨달았다 연전 내게 옮겨와 얼마나 응달로 숨어 몸살 앓았을까 이젠 내 곁을 떠나 튼실해졌을 터, 한 무더기 이별을 내가 몸살하고 있노니 연전의 내 할미꽃이여

(현대시학, 6월호)

화자는 울안의 앞과 뒤 뜨락에 자라던 "튼실한 할미꽃들" 중에 "장독대 할미꽃 세 가닥"을 덜어내 어머니 무덤가에 옮겨 심었다. 그 "할미꽃들"은 어머니가 생전에 고향의 어느 산자락에서 캐어 옮겨다 심어 놓고 고향이 그리울 때마다 조석으로 보고 가꾸던 것인지도 모른다. 그것을 무덤가에 있는 "두 가닥 겨우 솟은 할미꽃이 애처로워" "보태드렸는데 양달도 소용없어라"는 듯 자라지 않고 두고온 아들이 살고 있는 "애처로운 편으로 고개 떨구고 있었다". 어머니를 닮은 '할미꽃'에 장독대를 오르내리며 아들의 건강을 지켜주던 그 지극한 사랑이 아직 깃들어 있는가 보다. 화자는 "제자리가 따로 있는 법, 옮겨가면 몸살을 앓는 법"임을 뒤늦게 깨달으며 "응달로 숨어 몸살 앓"던 할미꽃처럼 자신의 곁으로 옮겨와 살며 속으로만 앓던 어머니를 생각한다. 그리고 화자는 선산으로 돌아가 묻힌 어머니, "내 할미꽃"이 "튼실해졌"기를 바라며 그리워 "몸살하고 있"는 것이다. (a)

이별의 기술

정철훈

일회용 종이컵이 엎어진 채
내용물을 쏟아내고 있다
내용물은 경사면을 따라 길고 느리게 흐른다
흥건하게 젖어 나를 따라오는 흐름 혹은 흐느낌

내 뱃속에서 끄집어낸 창자 같다
고통을 느끼지 못할 만큼
길고 느리게 창자를 끄집어내는 기술이란 이런 것이다

지상에서 사라지기 전
끊어지지 않는 하나의 흐름으로 지상을 까맣게 적시는
저 이별의 방식

창자를 떠올린다고 해서
억눌린 잠재의식의 내면 같은 용어를 들이댈 필요는 없을 것이다
그렇더라도 엎어진 컵이며 흘러내린 내용물이
왜 사람으로 느껴지는 것일까

내 안에 살고 있는 누군가가 배를 갈라 창자라도 쏟았단 말인가
나는 생애를 걸고 누군가를 사랑한 적 있던가
내 생애 위에 누군가를 올려놓은 적 있던가

그게 아니라면 컵과 컵이 쏟아놓은 내용물에서

왜 사람과 사람의 창자가 느껴진단 말인가
내가 사람이기를 갈구하기에?

그런 건 아닐 텐데 혹시
사람이 나를 갈구하고 있단 것인가
쏟아진 것은 대체 무엇이란 말인가

나는 흐름과 흐느낌이라는 창자를
다시 몸속에 쑤셔 넣고
날 따라오는 내용물을 내려다본다

아무 이유도 없이 담겨 있다가
원망도 절규도 없이 쏟아져 내린
저 이별의 기술!

(시와시, 여름호)

사랑과 이별, 그에 따른 슬픔만큼 자주 시에 등장하는 주제는 없다. 이 시도 그런 주제를 다루고 있다. 제목이 "이별의 기술"이지 않은가. 물론 이때의 이별 역시 사랑의 상실에서 비롯된 것이다. 젊은 시인도 아니고 뜬금없이 사랑의 상실이라니! 사랑에는 나이가 없다고 하지 않는가. 모든 사랑은 첫사랑이라는 점을 기억해야 한다. 시인은 지금 "일회용 종이컵이 엎어진 채" "쏟아내고 있"는 내용물이 "경사면을 따라 길고 느리게 흐"르는 것을 지켜보고 있다. 이들 이미지에서 시인은 "흥건하게 젖"은 채 자신을 "따라오는 흐름 혹은 느느낌"을 느낀다. 이런 느낌은 그것이 "뱃속에서 끄집어낸 창자 같다"는 생각을 떠올린다. 이어지는 생각은 "길고 느리게 창자를 끄집어내는 기술이" "이별의 방식"이라는 것이다. 엎질러진 종이컵의 내용물들은 언젠가 말라 사라지기 마련이다. 따라서 이별의 상처를 치유하기 위해서는 "고통을 느끼지 못할 만큼/길고 느리게 창자를 끄집어내는 기술이" 필요하다. '단장(斷腸)의 미아리고개'라고 할 때의 단장의 기술 말이다. 이런 생각을 하며 시인은 자신에게 되묻는다. "엎어진 컵이며 흘러내린 내용물이/왜 사람으로 느껴지는 것일까". "내 안에 살고 있는 누군가가 배를 갈라 창자라도 쏟았단 말인가". "그게 아니라면 컵과 컵이 쏟아놓은 내용물에서/왜 사람과 사람의 창자가 느껴진단 말인가". "내가 사람이기를 갈구하기에?" 이윽고 시인은 "흐름과 흐느낌이라는 창자를/다시 몸속에 쑤셔 넣고" 자신을 "따라오는 내용물을 내려다"보며 반추한다, 이들 "이별의 기술"에 대해!(b)

나는 말을 잃어버렸다

조오현

내 나이 일흔 둘에 반은 빈집뿐인 산마을을 지날 때

늙은 중님, 하고 부르는 소리에 걸음을 멈추었더니 예일곱 아이가 감자 한 알 쥐어주고 꾸벅, 절하고 돌아갔다 나는 할 말을 잃어버렸다
그 산마을을 벗어나 내가 왜 이렇게 오래 사나 했더니 그 아이에게 감자 한 알 받을 일이 남아서였다

오늘은 그 생각 속으로 무작정 걷고 있다.

(문학사상, 2월호)

아침에 떠오른 노래의 한 구절이 하루를 끌고 갈 때가 있다. 하루 종일 그 노래의 구절을 되뇌며 살 때가 있다. 인생에는 그때그때 자신을 사로잡는 화두가 있다. 아니 질문이 있다. 때로는 평생을 두고 사로잡는 화두도 있다. 화두는 안에서 오기도 하지만 밖에서 오기도 한다. 스님인 이 시의 화자가 일흔 두 살 때의 일이다. "빈집뿐인 산마을을 지날 때"의 일이다. "늙은 중님, 하고 부르는 소리에 걸음을 멈추었더니 예일곱 아이가 감자 한 알 쥐어주고 꾸벅, 절하고 돌아"가는 것이었다. 당시에는 "할 말을 잃어버렸"지만 "산마을을 벗어나 내가 왜 이렇게 오래 사나"하고 묻다가 화자는 깨닫는다. 한 소식을 한 셈이다. "이렇게 오래 사"는 까닭이 "그 아이에게 감자 한 알 받을 일이 남아서였"던 것이다. "아이에게 감자 한 알 받"는 일도 실제로는 억겁의 인연이 쌓여 가능해진다. 사는 일 자체가 인연의 결과가 아닌가. 그러니 너무 시시콜콜 따져 아파할 필요가 없다. 그때그때 떠오르는 "생각 속으로 무작정 걷"는 것이 중요하다. 걷는 일이 선업을 만들기 바라며……. (b)

나뭇잎의 맛

조용미

봄이 다 소진되었다 생각하니 죽음과도 같은 피로가 몰려왔다
삼나무 원목 발판에서 은은한 삼나무 향이 난다 발판을 책처럼 들고
나무 향을 읽어본다
깊고 어두운 초록이 넘실거리는 삼나무의 향

가시주엽나무는 면류관을 쓴 예수처럼 서 있다

낙타의 키만큼만 가시를 자라게 하는 나무, 저 무시무시한 가시에 찔
리면서도
가시주엽나무 잎사귀를 먹는 낙타

우툴두툴한 시멘트벽을 주욱, 주먹 쥔 손으로 그으며 걷고 싶었던 적
이 있었다
손이 대신 아파주면 잠시 견딜 수 있을 것 같았다
가시주엽나무의 잎을 먹기 위해 가시에 얼굴을 갖다 대는 낙타

피와 섞인 나뭇잎의 맛은 어떨까
(피와 섞인 시멘트벽의 색깔은 어떨까)

귀신은 쫓지만 가시를 키워도
낙타의 불행은 쫓지 못하는 주엽나무
어머니의 수십 년 된 환청과 나의 청각적 예민함을 비교해 보는 어리
석음은 쉽게 용서될 수 있을까

가시주엽나무는 면류관을 쓴 예수처럼 영영 서 있다

(현대시학, 7월호)

봄은 생명이 떨쳐 일어서는 계절이다. 생명이 떨쳐 일어서기 위해서는 엄청난 에너지가 필요하다. 따라서 봄은 당연히 "죽음과도 같은 피로"를 가져오기 마련이다. 그렇게 성숙해진 여름……. 화자는 지금 숲 속에 있다. 숲 속에서 나무들을 돌아보고 있다. 우선은 삼나무. "삼나무 원목 발판"을 "책처럼 들고 나무 향을 읽어본다". "은은한 삼나무의 향"에서는 "깊고 어두운 초록이 넘실거"린다. 하지만 정작 시인의 마음을 사로잡는 것은 가시주엽나무다. "낙타의 키만큼만 가시"가 큰 "가시주엽나무는 면류관을 쓴 예수처럼 서 있다". 고통을 함께 나누기 위해서다. 낙타는 "저 무시무시한 가시에 찔리면서도" "가시주엽나무 잎사귀를 먹는"다. "가시주엽나무 잎사귀"를 먹기 위해 피범벅이 된 낙타의 입을 떠올리다 생각나는 것이 있다. "우툴두툴한 시멘트벽을 주욱, 주먹 쥔 손으로 그으며 걷고 싶었던 적" 말이다. 그때는 "손이 대신 아파주면 잠시 견딜 수 있을 것 같았다". 이처럼 시인은 낙타와 동병상련을 느낀다. 그리하여 그는 되묻는다. "피와 섞인 나뭇잎의 맛은 어떨까". "피와 섞인 시멘트벽의 색깔은 어떨까". 시인이 보기에 가시주엽나무는 낙타에게 고통(불행)과 생명(행복)을 동시에 준다. 가시주엽나무로부터 시인이 "면류관을 쓴 예수"를 연상하는 것은 바로 이 때문이다. 뿐만 아니라 시인은 가시주엽나무와 낙타의 비교를 통해 "어머니의 수십 년 된 환청"과 자신의 예민한 청각을 "비교해 보"기도 한다. 시인 특유의 상처, 고통, 죽음, 상실 등의 감각이 잘 드러나 있는 것이 이 시라고 할 수 있다. (b)

한 시간 지나도록

조 은

가난한 동네에서 돈을 주웠다
꼬깃꼬깃한 삶이 느껴졌다

주워도 시원찮을 사람이 잃었을 돈이었다
지갑 하나 못 가졌을 사람의 돈이었다
주운 만큼 더해 돌려주고 싶은 돈이었다

무엇에 놀라 내던지고 갔을 돈이었다
그땐 종이짝 같았을 돈이었다

차곡차곡 간추려 들고 서 있었다
문짝 없는 장롱에 기대 서 있었다
골판지를 깔고 앉아 기다렸다

아무도 달려오지 않았다

(현대문학, 7월)

가난한 동네에서 돈을 줍는 일은 이처럼 난처할 것이다. "꼬깃꼬깃한 삶"이 느껴지니 그냥 지나치기도 어렵다. 지갑도 못 가진 사람이 푼푼이 모아 꼭꼭 감춰놓았던 귀한 돈일 것이다. 그런 돈을 내던지고 갔으니 어지간히 화급한 상황이 닥쳤을 것이다. 이런 생각에 차마 지나치지 못한 화자가 꾸겨진 돈을 차곡차곡 간추려 들고 서 있어본다. 문짝 없는 장롱에 기대 서 본다. 가난한 동네의 상징 같은 문짝 없는 장롱. 최소한의 품위조차 내던지고 가난한 속살을 숨김없이 드러내고 있는 삶. 아무리 기다려도 오지 않자 골판지를 깔고 앉아 기다려본다. 『고도를 기다리며』에서처럼 끝내 기다리는 사람이 오지 않는다. 이 시는 『고도를 기다리며』와는 다르지만 또 다른 의미의 부조리극 같다. 가장 돈이 필요한 사람이 돈을 찾으러 달려올 수 없는 상황, 돈을 주워도 시원찮을 사람이 무엇에 놀랐는지 있던 돈마저 내던지고 갔을 상황은 "문짝 없는 장롱"처럼 황망하고 부조리한 현실을 보여준다. ⓓ

메마른 아침 운전

주영중

아이들이 탄 노란 승합차를 9대나 보는 아침. 일기가 사납다. 채찍처럼 선회하는 새가 고맙다. 차에 아랑곳하지 않고 도로에 뛰어들었던 한 마리 개인지 강아지인지가 아무렇지도 않다는 듯 주인에게 돌아간다.

빗길 마장에서 성수까지 약 14분. 말이 달리다 달리다 물이 되는 현재의 습도 90%. 횡단보도 앞 환자복을 입은 여자 1명. 내 앞에서 날아가는 비둘기 1마리. 응급환자 이송차량 1대, 그리고 떨어지지 않는 노랗고 붉은 잎들이 대략 57개.

바버샵에서 돌아가는 원통기둥을 응시한다. 눈의 회전 60번. 몽롱하다. 신호위반 3번. 좌측 깜박이 4번. 언덕길을 올라가는 지게차 1대. 답답하다 0.5번. 형편없다 1.5번. 고맙다 5번. 침묵 45분.

뭉쳐버린 어깨 근육. 고개를 한쪽으로 심하게 꺾는 틱 증세 7회. 틱틱. 오늘 아침 스크린에서 깜빡이는 내 이름은 서울 3보에 1043. 개와 강아지의 중간 호칭에 대해 생각하다가 서울 3보에 1043. 그럴듯한 리듬이라 생각하다가 틱 틱 틱 틱.

(시를 사랑하는 사람들, 3−4월)

자동차는 현대인에게 신체와 같다. 발의 연장인 바퀴, 눈의 연장인 라이트, 목소리의 연장인 클랙슨, 눈꺼풀의 연장인 윈도브러쉬……. 이 시의 화자는 자동차이다. 상당한 주행 경력을 가진 차인 듯하다. 노란 승합차들을 보면서는 좀 짜증을 내고 도로에 뛰어든 개에 대해서도 크게 놀라지는 않는다. "채찍처럼 선회하는 새"에게는 고마움을 표시하는 여유도 부린다. 오늘의 날씨는 화자인 자동차에게 유쾌하기 힘든 상태이다. 마장동에서 성수대교까지 빗길이어서 도로가 정체되어 있다. 횡단보도 앞으로 환자복을 입은 여자와 구급차, 비둘기와 비에 젖어 떨어진 잎들이 어지럽게 붙어 있는 심란한 상황이다. 정지해 서 있는 도로 앞 이발소에서 원통기둥이 돌아가고 있다. 저 원통기둥처럼 화자의 눈도 수없이 깜빡였다. 어깨 근육은 뭉치고 틱 증세도 심각하다. 지루한 정체를 견디며 화자는 개와 강아지의 중간 호칭을 생각해보기도 하고 "서울 3보에 1043"이라는 자기 이름의 리듬이 마음에 들어 뿌듯해하기도 한다. 자동차의 시선으로 상황을 그려보니 상당히 재미있다. 자동차를 타고 있는 한, 모든 생각의 주인은 자동차이다. 자동차의 눈으로 보고 자동차의 몸으로 움직인다. 사람이 자동차를 만들었지만 자동차에 이끌려 다니는 현실이다. 우리의 삶 자체가 어느새 "메마른 아침 운전" 같은 것이 되었다. (d)

세 개의 형광등에 뜬 아홉 개의 질문

천수호

세 개의 형광등이 나란히 뜬 방

불을 껐는데도 그 형체가 남아 있다

귀가 닫혀 있는 질문은

이렇게 사방이 희미해질 때 하는 거다

눈도 없는 몇 개의 질문들이 천장에 거꾸로 매달린다

검은 우산의 귀가 활짝 펴진다

박쥐가 들끓던

인도 괄리아르 만 싱 궁전의 지하 감옥 천장처럼

몇 개의 가능한 답들이 잔발을 뗐다가 다시 붙인다

어둠 속 질문은 주둥이가 긴 장화를 신고

이 구석 저 구석을 저벅거린다

석가모니가 아난다에게 한 세 가지 질문처럼

질문의 입구가 너무 커서

쉽게 빠져나오지 못하는 어둠

세 개의 형광등이 꺼지면서 꼬리가 아홉 개인 질문이 뒤섞인다

빛이 밝혀낼 답은 없지만

벽을 더듬어 스위치를 올린다.

깜 빠르르르 팍, 주문 같은 불이 켜지니

어둠 속에 어슬렁거리던

아홉 개의 질문들이 재빨리

벽의 부조 속으로 스며든다

(웹진 시인광장, 8월호)

화자는 "세 개의 형광등"이 꺼지고 그 "형체가 남아 있"는 희미한 방에서 무엇인가 궁금하여 "질문"을 한다. 방은 시인의 정신적 공간을, 그 천장에 매달린 형광등은 '질문', 또는 질문을 하는 화자를 상징한다. 그런데 화자는 '지하 감옥처럼' 외부와 차단된 그곳에 "박쥐"처럼 갇혀 자신의 존재와 세계의 의미에 대한 답을 구해보는 것이다. 그 짧은 순간에 삶에 대하여 질문을 하지만 "가능한 답들"은 "잔발을 뗐다가 다시 붙"일 뿐 명쾌하게 다가오지 않는다. '질문'은 세상과 소통하는 가장 최초의 도구라서 "이 구석 저 구석을 저벅거"리며 답을 찾지만 "쉽게 빠져나오지 못하는 어둠"만 짙어진다. "귀가 닫혀 있"고 "눈도 없는" 질문, 그 '희미한 불빛 꼬리'는 해답보다는 또 "꼬리가 아홉인 개의 질문"을 끌고온다. 숫자 '3'은 조화와 균형의 수로서 동양에서는 하늘과 인간과 땅을 의미한다. 숫자 '9'는 완전함과 충만함을 상징하지만 분열의 마지막 숫자다. 부처가 질문하고 예수가 질문하지만 조화와 균형이 흔들리고 분열할 뿐 "빛이 밝혀낼 답은 없"다. 그러나 삶이란 끝내 찾지 못할 해답을 찾아 늘 질문을 안고 "어둠 속을 어슬렁거리"거나 벽을 더듬는 것을 반복할 수밖에 없다. ⓐ

그늘론

최기순

꽃에도 그늘이 있다
말하자면 꽃은 절정이라는 것인데
백일홍 꽃잎 사이마다 그늘이 져 있다
어디에 몸을 드리우건 그늘은 생의 문양처럼 컴컴하다

처마 그늘이 어둑하게 덮여오는 집
마루 건넛방에 백지처럼 흰 얼굴이 누워 있고
아침마다 걸레 뭉치에 피가 묻어 나왔다

가을비 차게 내리는 밤
두런거리는 그림자 몇이
윗목에 웅크린 채 굳어버린 그늘을 거두어
오리나무 숲으로 갔다
불을 끄고 누우면 오리나무 둥근 잎들이 겹겹이 얼굴을 덮고
그쪽에서 불어오는 바람소리에도 오금이 저렸다

그늘은 한 번 덮쳤던 것들을 쉽게 놓아주지 않는다
유리 조각처럼 순간 빛나는 즐거움에 잊고 살았거나
또한 죽은 사람 이름처럼 잊힌 듯싶다가도
양산을 쓰고 꽃핀 거리를 거닐 때나
칼국수 한 그릇에 후줄근히 땀 젖어 떠밀려나오는 앞에

그것은 우연인 듯 나타나

햇빛의 일상을 단번에 엎어버리고
으슥한 시간 속으로
종종 머리채를 끌고 들어간다

(시와문화, 가을호)

"그늘"은 "꽃"을 비롯해 이 세상의 모든 존재들에 달라붙어 있다. 따라서 "그늘"을 잊거나 그것으로부터 멀리 떨어지려고 애를 써도 소용이 없다. "그늘"은 빛을 가린 대상의 뒷면에 존재하기에 언제나 어두컴컴하고 으슥하다. 그리하여 사람들은 "그늘"을 부정적으로 인식한다. "그늘"은 물질적인 대상이지만 정신적(심리적)인 대상이기도 하다. 작품의 화자가 오금을 저리며 기억하고 있는 모습이 그 예이다. "마루 건넛방에 백지처럼 흰 얼굴이 누워 있고/아침마다 걸레 뭉치에 피가 묻어 나"오던 집안의 모습을 화자는 "그늘"로 품고 있다. 화자는 그 "그늘"을 잊고 싶어 한다. 실제로 "유리 조각처럼 순간 빛나는 즐거움에 잊고 살"아 오기도 했다. 그렇지만 그 "그늘"은 결코 소멸하지 않았다. 꽃구경을 하며 걷는 동안에도, 땀을 흘리며 칼국수를 먹는 동안에도, 그리고 일상생활을 영위하는 동안에도 틈틈이 나타나는 것이다. 그리하여 화자는 "그늘"을 제재로 삼고 시를 썼다. 그의 정체와 뿌리와 집요함 등을 적은 것인데, 그와 동행하겠다는 의지의 표시는 아니라고 하더라도 두려워하며 회피하지는 않겠다는 것이다. (c)

터진 목 사람들
— 황현산 형 이야기

최동호

목포 터진 골목 혹시 기억하지 최 형. 오거리 지나서 거기 말이야 일당 벌어먹고 사는 막판 노동자들이 마지막으로 봉지쌀 사가는 언덕길 동네가 있잖아. 거기서 땀 냄새 밴 하루를 막걸리 소주로 죽이고 가는 술집 작부들 후진 동네였지.

그 동네 어떤 과부 늦둥이 아들이 전국 제일의 국립 대학교에 들어가 버린 거야. 머저리들 천지인 골목에 돼지 머리에 나팔 부는 경사가 터져 버렸어. 그 과부 동네 어른들은 물론 계집애들의 부러운 대상이었지. 그런데 그 놈이 대학에 잘 들어간 다음 운동권에 가담했다는 소문 돌더니 월남전투병 자원해 갔다가 어느 날 연락이 끊기고 사망 전보 날아오자 그 과부 에미 실신해 부렀지.

며칠 후 깨어나 비실비실하더니 갑자기 신이 내려 골목 동네 사람들 길흉대소사를 여지없이 꿰뚫어 맞추는 거야. 신통하다는 소문이 뒷골목을 휘도는 가파른 입을 통해 퍼져나가고 안장산 언덕에 아들 위해 치성한다고 절까지 세우고 난리쳤는데 그 신통력이 딱 오년 동안이었던 거야.

터진 목 사람들 밑바닥에서 뼈가 휘게들 살았었는데 하늘의 축복이 저주로 돌변했다가 신통력이 뻗쳐 절간까지도 흥청거리게 하더니 그 흔적마저도 사라져버린다 게 영 믿기지 않아, 지금 생각해보면 혹여 죽은 아들이 내려와 불쌍한 과부 에미 실성기나 풀어주고 간 거 아니었는가 혀.

(열린시학, 봄호)

작품의 화자는 지인이 들려준 애기를 독자들에게 전하고 있을 뿐 한마디도 하지 않고 있다. 그렇지만 독자들에게 전하려는 바는 분명하다. 한 여인의 슬프고도 한스러운 이야기를 통해 인간의 운명이란 무엇인가를 묻고 있는 것이다. 가난한 노동자들이 득실대던 "목포 터진 골목"에서 술을 팔면서 생계를 이어가던 "어떤 과부"의 늦둥이가 우리나라 최고의 대학에 입학하는 경사가 일어났다. 주위 사람들로부터 얼마나 부러움을 받았는지는 충분히 알 수 있다. 그런데 그 아들이 운동권에 가담해 그녀의 속을 끓이게 하더니, 월남전에 가 그만 전사하고 말았다. 그 충격으로 인해 그녀는 실신하고 마는데, 그 일로 오히려 "동네 사람들 길흉대소사를 여지없이 꿰뚫어 맞추는" 신통력을 갖게 되었다. 그리하여 많은 돈을 벌어 죽은 "아들 위해 치성한다고 절까지" 세웠다. 그렇지만 그녀의 신통력은 "딱 오년 동안이었"고, 불쌍한 "과부"로 다시 돌아오게 되었다. 인간에게 운명이란 무엇인가. 진정 인간은 운명적인 존재인가. ⓒ

인터뷰

최정례

사격 선수가 첫 금메달을 땄다 또 올림픽이 시작되었다
적어도 한 달은 온 나라가 이렇게 지나갈 것이다
사격 선수는 인터뷰하면서 자기 아이에게는 절대
사격을 시키지 않겠다고 했다
모기가 내 다리를 물었다

종아리에 두 방, 정강이에 한 방, 산책로에서 물린 것인지
싱크대에 섰을 때 물린 것인지 소파에 누웠다가 몹시
가려워졌는데
이미 늦었다
생명은 자기 생명을 다하여 자신을 유지하려 한다
삶에 낭비란 없는 것 같다 가려운 인생
가려우니 긁을 수밖에

아버지에게 가 봐야 한다
사회복지사의 말이 등급 외 판정을 받았기 때문에
주간 보호를 맡길 수는 없다고 했다
아버지는 목욕하다가도 비누칠한 것을 잊고 욕조에서
잠이 드는데
사회 복지사와 인터뷰할 때는
자기 이름이며 생년월일까지 정확히 대답해 버렸다
좀 더 바보가 될 때까지 기다려야 1등급을 받고
복지 기관에 종일 맡겨질 수가 있다고 한다

금발의 여자애가 사격 선수 앞에 와서
사인을 받으며 금메달을 살짝 어루만졌다
참을 수 없이 가렵다
모기 물린 데 바르는 약은 어디에 둔 것일까

어젯밤 내내 꿈을 꾸었는데 내용이 전혀 생각나지 않는다
꿈속에서 지나친 것과 지금 지나치고 있는 것
두려운 것은 딴 세상과 이 세상 사이에 아무것도 없고
아무런 상관이 없게 되는 것이다

(세계의문학, 가을호)

이 시에는 두 개의 인터뷰가 나온다. 런던 올림픽 첫 금메달리스트인 사격 선수에 대한 인터뷰와 사회복지사와 아버지의 인터뷰가 그것이다. 금메달리스트는 화려하고 자랑스러운 업적으로 언론의 스포트라이트를 받으며 인터뷰를 하고 노쇠한 아버지는 전문적인 보호를 받을 수 있도록 복지 기관에 들어가기 위해 인터뷰를 하고 있다. 자랑스러운 인터뷰와 곤혹스러운 인터뷰가 대조를 이룬다. 그런데 아이러니하게도 금메달리스트는 "자기 아이에게는 절대/사격을 시키지 않겠다"고 하고, 심각한 등급을 받아야 하는 아버지는 "자기 이름이며 생년월일까지 정확히 대답해 버렸다". 두 인터뷰 모두 예상 답변과 어긋나는 방향으로 진행되어버린 것이다. 삶은 결코 원하는 방향으로 흘러가지 않는다. 최고의 자리에 오른 사격 선수조차도 자신이 겪었던 고생스런 시간들을 자식들만은 피해가기를 바란다. 소망하는 삶과 실제의 삶은 다르다. 누구든 실제 삶에서는 "자기 생명을 다하여 자신을 유지"할 뿐이다. 사격선수는 끝없는 훈련에, 모기는 최대한의 수혈에, 아버지는 품위유지에 최선을 다하는 것이 각자에게 주어진 삶의 방식인 것이다. 어떤 사람에게는 전혀 권하고 싶지 않은 삶이 다른 사람에게는 부럽기 그지없는 것일 수 있다. 그리고 싶지 않아도 어쩔 수 없이 주어지는 삶이 있다. 삶은 나의 의지보다 훨씬 강한 것이다. 전혀 생각나지 않는 꿈속에서 나는 어떻게 살았을까? 아버지가 가끔씩 가버리는 저쪽 세계는 또 어떤 곳일까? 인간의 의지를 넘어서는 삶의 힘에 대해 생각해보게 하는 시이다. (d)

먹이사슬

최종천

나보다 나이가 한 살 적지만
나는 그를 백 형이라고 불렀다. 솔직하고 담박한 성미에
장난을 치기 좋아했다. 나는 돈보다 신간 편한 게 제일이라
그의 밑에서 2년여, 일을 했다. 그런데 그는
도형의 원리를 쥐어 주어도 금방 놓아버렸다.
자동차 면허시험도 연거푸, 푸, 포기를 해버렸다
그는 우직하게 정직했다. 소처럼 일했다.
그와 내가 갈라진 동기는 그의 말 한마디,
어느 날 회식을 하면서 우리는 노동자의 신세들을 얘기했다.
놀랍게도 그가 말했다
"자본주의 세상에서는 먹이사슬에 따라 살아야 한다"고
맙소사, 철공쟁이 이십여 년에 아직도 도형을 이해 못하는 그가
어떻게 먹이사슬을 알고 있단 말인가, 자신이
그래도 사장이라는 걸 의식하고 있단 말인가

두어 달 전 수첩을 정리하다가 그의 집에 전화를 걸었다
그날 오후에 당장 만나자고, 해서 만났다.
"아니 그때 왜, 최 형 나하고 갈라졌지?"
"갈라지다니?" "그나저나 면허증은 딴 거야?"
아니, 아직이란다. 집에서 마을버스를 타고 전철로 바꾸어 타고
다시 버스를 타고 다닌다고 했다

아들놈이 전문대 특수소재과에 간다며

특수소재가 뭐냐고 물었다.
"그 뭐야 토란잎에 물 부어도 안 묻고 물방울이 굴러다니지?
그러니까 그런 옷감 같은 소재를 개발하는 학과일 걸" 하고 대답하니
대뜸 그게 돈 많이 버나? 하고 묻는다. 그래서 인간의 미래가
특수소재에 달려 있다고 했더니 웃는다.
그는 여전히 소였던 것이다. 먹이사슬을 말로만 알 뿐,
그도 나처럼 노동을 손에서 놓지 못할 것이다.
노동은 자본주의 면허증이 아니다
나는 그를 내 차에 태워다 주려다가 그만두었다.
그토록 우직한 소인 그가 정말 포식자가 될 것 같아서였다.
그는 정직한 노동으로 아들을 자신보다 좀 더 고급한
자본주의 먹잇감으로 만들었을 뿐이라 생각하니 하늘만 바라보아진다.

(실천문학, 겨울호)

작품의 화자는 자신과 같이 노동자 생활을 하는 "백 형"을 통해 노동자들이 어떻게 살아야 하는지를 묻고 있다. 두 노동자 간에는 삶의 철학에, 즉 살아가는 태도에 상당한 차이를 보이고 있다. 화자는 "돈보다 신간 편한 게 제일이라"고 생각하지만, "백 형"은 "자본주의 세상에서는 먹이사슬에 따라 살아야 한다"고 생각하는 것이다. 그리하여 화자는 그와 갈라서게 되는데, "먹이사슬"이 바로 자본주의 체제의 사용자들이 노동자들에게 적용한 개념이기 때문이다. "먹이사슬"은 20세기 초 생태학자들에 의해 명명된 개념이지만, 사용자들이 빌려와 적극적으로 노동자들에게 적용했다. 사용자들은 노동자들에게 생태계란 먹이를 중심으로 이어진 것이므로 착취를 해도 자연적인 현상이라고 합리화했다. 결국 피지배 계급의 착취 원리로 악용한 것이다. 그리하여 화자는 자본주의 체제의 사용자들에 대항하는 노동자들의 전략으로 반(反)노동 내지 반(半)노동을 제시하고 있다. 그와 같은 노동이 가능할까? 그것을 위해서 노동자들의 연대가 필요하다. (c)

섣달, 진해

표성배

장복산을 넘어서자
바람은 뺨을 후려치는 대신
아버지처럼 가만히 돌아앉았고
하늘은 어머니 가슴처럼 무거워
쳐다볼수록 나는 슬펐다

물어물어 찾아간 공장은
잿빛 공장,
겁먹은 노루 눈을 하고 있는
내 어깨를 무겁게 눌러
저절로 다리가 후들거렸다

키가 너무 작다며
"보루꾸 한 장 들었나"라는 소리가
키보다 높게 쌓아 놓은
보루꾸 구멍 사이사이에서 날아와
작은 키를 더 주눅 들게 했던
일천구백칠십팔 년

섣달 진해 장복산은
바닷바람에 허리가 잡혔고
그만큼 파도는 기가 시퍼렇게 살아
더욱 매서운

바람을 만들고 있었다

도로변 벚나무들
희망 같은 꽃눈 틔우려면
아직은 바람 앞에 좀 더 흔들리고
파도에 몸 맡긴 연후에야
가능한 나이였다

(계간 진해, 봄호)

작품의 화자는 자신이 노동자의 길로 들어선 "일천구백칠십팔 년"을 결코 잊을 수 없다고 소개하고 있다. 그날 화자는 사람들에게 물어물어 공장을 찾아갔는데, 그곳에서 일하는 고참들로부터 "보루꾸 한 장 들겠냐"라는 소리를 듣는다. 키가 매우 작은 것이 사실이었지만 "나이"가 너무 어렸기 때문에 걱정해서 한 말이었다. 화자는 그와 같은 상황에 놓인 자신을 바닷가 도로변에 서 있는 "벚나무"로 비유하고 있다. 매서운 바람을 맞으면서도 "벚나무들"은 마침내 꽃을 피운다. 화자는 자신이 바닷바람을 거뜬하게 맞을 만한 나이가 되지 않는다는 것을 알고 있었다. 그렇지만 어린 나무라고 해서 매서운 바닷바람이 봐주지 않는다는 것도 알고 있었다. 그리하여 "일천구백칠십팔 년"을 자신이 노동자의 길로 들어선 기념비적인 해로 삼고 있는 것이다. (c)

다크써클

하 린

　전세에서 월세로 계단식에서 복도식으로 몸은 이동한다 악동들이 몰려온다 전단지 같은 아이들이 벨을 누르고 도망간다 배달의 기수가 되기 위한 저 지루한 속도, 아이들은 아이들 식으로 아이들의 하루를 탕진하고 어른들은 어른들 식으로 어른들의 하루를 탕감한다

　4인용 식탁을 버리고 혼자 밥을 먹는다 어차피 어른이 된 아이나 아이가 된 어른을 이해할 1인용 식탁은 없다 나의 소외는 왜 이렇게 허술한가 독백은 자백의 다른 말이니 중얼거리며 저녁을 씹어 먹는 나는 세상에서 가장 물렁한 뼈다

　애인은 멀고 복도엔 현관문만 많다 마흔 살엔 마흔 개의 현관문과 마흔 명의 아내와 마흔 명의 애인이 있다 어느 문을 통과하든 우린 다른 침대를 원한다 한밤에 창문으로 뛰어내리는 수많은 침대들, 그러니 애인은 멀고 아내는 가깝다

　복도식엔 서열 따위 없다 계단식으로는 규정지을 수 없는 수평의 힘, 숨이 고르지 못한 생각들이 복도 끝에서 담배를 태운다 공평하게 서로의 시뻘건 눈동자를 확인한다 악취의 순간을 들키지 않으려고 유령처럼 재빨리 돌아선다 사라진 자리엔 찾아가지 않은 빈 그릇들이 즐비하다

(詩로여는세상, 겨울호)

다크써클은 눈 밑에 자리 잡고 있는 거무스레한 부분, 곧 눈 밑의 어두운 둘레를 가리킨다. 정식 의학용어는 아니기 때문에 사전에 자세한 설명이 나오지는 않는다. 국립국어원에서는 이를 우리말로 다듬어 '눈그늘' 이라고 부른다. 하지만 이 시에서는 다크써클이 그런 뜻으로 쓰인 것 같지는 않다. 수면부족, 스트레스, 피곤 등으로 눈가의 혈액순환이 원활하지 못할 때 생기는 현상이 다크써클이므로 대강 힘들고 피곤한 사람, 나아가 몰락하는 사람 등을 가리키는 듯싶다. 이 시에 등장하는 몰락하는 사람, 곧 화자는 "전세에서 월세로 계단식에서 복도식으로" 주거 형태를 옮긴다. 그러다 보니 "전단지 같은 아이들이 벨을 누르고 도망" 가는 등 놀림감이 되기도 한다. 마침내 그는 "4인용 식탁을 버리고 혼자 밥을 먹는다". 가족으로부터 소외된 것이다. "마흔 살"의 그는 "나의 소외는 왜 이렇게 허술한가" 하고 독백한다. "독백은 자백의 다른 말이"다. 곧이어 그는 "나는 세상에서 가장 물렁한 뼈"라고 고백한다. "애인은 멀고/복도엔 현관문만 많"은 서민 아파트에 살며 그는 "한밤에 창문으로 뛰어내리는 수많은 침대들"을 생각한다. 애인을 꿈꾸어 무엇을 하나. 언제나 "애인은 멀고 아내는 가깝다". 때로 그는 "복도식엔 서열 따윈 없다"고 자위한다. 복도식에는 "계단식으로는 규정지을 수 없는 수평의 힘"이 있지 않은가. "복도 끝에서 담배를 태"우며 그는 "공평하게 서로의 시뻘건 눈동자를 확인"하기도 한다. 복도 끝에는 시켜 먹은 음식의 "찾아가지 않은 빈 그릇들이 즐비하다". 몰락해가는 한 인간의 삶과 심리를 매우 실감나게 그린 시라고 할 수 있다. (b)

회전문

하재연

그들이 되기 전에는 결코
알 수 없는 것이 있습니다

들어갈 때는 가능했던 자세가
나올 때는 불가능해지는 순간이 있습니다

오목한 당신의 마음이 볼록하게 튀어나오는
순간이 어째서
관객들에겐 패러독스입니까

당신은 당신의 밖으로 긴 장갑을
던져주기 바랍니다 간직했거나
감추어졌다 펼쳐지는 지문을 우리는 주울 뿐입니다

당신이 발을 딛은 바닥은
내 머리 위의 심연

가까워지는 당신의 손을 절대
만질 수 없는 투명한 거리가 있습니다

하얀 새의 윤곽을 만드는 검은 새들을
알아보지 못하고 우리가 지나치듯이

(현대문학, 12월)

회전문은 둥근 형상과 회전하는 움직임으로 친밀감과 호기심을 일으키며 사람들을 유인한다. 그렇지만 막상 회전문을 지나보면 그리 편안한 구조가 아니라는 사실을 깨닫게 된다. 회전문에서 사람은 수동적인 자세를 취할 수밖에 없다. 적당한 간격을 유지해야 하고 회전의 방향에 맞게 움직여야 한다. 간혹 박자를 놓치면 한 바퀴 더 돌아야 할 때도 있다. 회전문은 생김새와 달리 사람 중심이라기보다 건물 중심의 설계에 기반을 둔다. 회전문은 외계 온도의 유입을 최소화하여 에너지 효율을 높이는 방식이다.

이 시에서도 회전문에서 느꼈던 당혹스러움이 드러난다. 들어갈 때와 나올 때의 동작은 회전문의 구조와 운동에 따라 달라진다. 들어갈 때 가능했던 자세가 나올 때는 불가능해지고, 오목했던 자세가 볼록해지고, 투명하지만 절대 만질 수 없는 거리가 있다. 판옵티콘의 원형 구조처럼 보이지 않게 사람을 통제하고 조율하는 회전문의 무서운 기능이 섬뜩하게 다가온다. (d)

망초

한소운

방문 양옆으로 빨랫줄처럼 나일론 줄을 치고
꽃무늬가 있는 천으로 듬성듬성 주름을 잡아 매달고서
커텐이라고 좋아라 했던 아늑한 방, 자취방
창호지 문짝의 고리 하나를 굳게 믿었던 그 밤
누가 방문 앞 신발만 가만히 확인하고 돌아간 사람 있었지

철들기 전에 지는 꽃도 있지

(시와정신, 겨울호)

완전히 투명하지도 불투명하지도 않은 "창호지 문짝"은 '단절'과 '소통'이라는 상반된 두 가지 기능을 잘 발휘할 수 있었을 것이다. 그리고 그 "방문 양옆으로" 친 나일론 줄에 "꽃무늬가 있는 천"을 매달아 놓은 간이 "커텐"은 밖과 안을 더욱 차단하여 "아늑한 방"을 더 아늑하게 했다. 그러나 밤이 되어 방안에 불을 밝히면 오히려 방 주인의 아름다운 꿈을 대신할 '꽃무늬'의 그림자가 '창호지 문짝'에 드리워져서 길가는 사람들의 시선을 끌었을지도 모른다. "고리 하나를 굳게 민"고 잠이 들었으나 "방문 앞 신발" 역시 주인이 꾸는 꿈의 빛깔과 깊이를 대신 보여주었을 것이다. "자취방" 주인은 방문 고리를 걸고 커텐을 쳐서 방안의 내밀성을 강화하면서도 은근히 자신의 꿈을 외부로 보여주었다. 그 방문 앞을 오가며 '꽃무늬' 그림자에 취해 길을 멈추고 신발의 문수를 헤아리다가 주인의 인기척에 두근거리는 마음을 들킬세라 급히 돌아간 사람은 누구였을까. 그 미지의 사람이나 자취방 주인 모두가 어둔 밤이 되어야 흐릿하게나마 눈에 뜨이는 하얀 꽃을 피우는 "망초"나 다름이 없다. 아니, 이제는 우리 모두가 '잊은 풀' 같다. 너도 나도 철문보다 단단하고 싸늘한 가슴 속에 편리한 전자카드 열쇠를 품고 살고 있는 우리 모두가 '잊은 풀'이다. ⓐ

툭툭

한영옥

기억력이 좋지 않다 사랑은
지긋지긋한 끈질김도 모른다

발목에 엉킨 수북한 칡넝쿨과 씨름하다가
발목을 빼지 못하고 바싹 낫날을 댄다

지긋지긋 감겨드는 칡넝쿨을 탓하다가
끈질김을 바라던 그 시절 불러내
한 품에 안기는 시늉하며 웅크린다

멋쩍어 얼른 칡넝쿨을 끊어내는데
툭툭 잘려 나가는 소리 바싹 낯익다

낯익은 소리에 귀 대어 보는데
귓바퀴 굴리는 멍한 설움만 질기다.

(시와시, 겨울호)

모든 시인은 상처받기 쉬운 영혼을 갖고 있다. 이 시의 시인은 더욱 그런 듯하다. 풍성한 사랑, 대책 없는 사랑을 갖고 있기 때문이다. 그래서일까. 시인의 사랑은 "기억력이 좋지 않다". 지긋지긋하게 상처를 받고서도 쉽게 잊어버린다. 상처를 주는 것들, "발목에 엉킨 수북한 칡 넝쿨과 씨름하다가" 시인은 끝내 "발목을 빼지 못하고 바싹 낫날을 댄다". 저들 속물과는 인연을 끊는 수밖에 없다. 그렇다. "지긋지긋 감겨드는 칡넝쿨을 탓"할 수밖에 없다. 한때는 저들과 "끈질김을 바라던" 시절도 있었지만 말이다. 시인은 "그 시절 불러내/한 품에 안기는 시늉하며 웅크"려 보기도 한다. 그러자니 너무 "멋쩍어"진다. 따라서 "얼른 칡넝쿨을 끊어내는데/툭툭 잘려 나가는 소리 바싹 낯익다". "툭툭 잘려 나가는 소리"는 인연 끊어지는 소리, 정 끊어지는 소리이다. 사람살이의 인연은, 사람살이의 정은 때가 되면 끊어지기 마련이다. 그러니 크게 낯설어할 필요는 없다. 그가 예의 소리를 "낯익은 소리"라고 표현하는 것은 바로 이 때문이다. 그래도 "낯익은 소리에 귀 대어 보"면 "귓바퀴 굴리는 멍한 설움"은 어쩔 수 없다. 설움이 없이 어찌 삶이 닦여지겠는가. 설움이 없이 어찌 시가 태어나겠는가. 설움이 있어 슬프면서도 아름다운 것이 삶이고 시이리라. (b)

골목

허만하

나는 골목길을 택했다. 골목에는 녹슨 양철 처마와 불빛 꺼진 꾸부러
진 창과, 팔짱 낀 발자국 소리의 비밀을 발설하지 않는 신의가 있다. 골
목 끝에 간신히 그곳만이 환한 가게가 있다. 잠드는 일을 태만이라 믿는
반질반질한 사과 알들이 베개맡 책갈피처럼 잠들지 않고 있는 심야의 가
게, 지워진 어릴 적 기억 속 풍경의 한 단면이 망각의 깊이 밑바닥에서
정다운 오렌지빛 삼투압을 띄고 조용히 수면 위에 떠오르는 별빛 얼어붙
는 겨울 하늘 골목 끝.

(현대시, 7월호)

화자인 '나'는 화려하고 너른 대로를 두고 왜 굳이 "골목길을 택했다"는 것일까. "녹슨 양철 처마와 불빛 꺼진 꾸부러진 창"을 보면 그 골목길은 재개발이 얼마 남지 않은 어느 달동네의 가파르고 비좁은 비탈길인 것 같다. 그러나 그곳은 "팔짱 낀" 젊은 연인들이 발자국 소리보다 더 낮게 속삭이는 밀어가 있었고 그 "비밀을 발설하지 않는 신의"로 얽힌 참된 삶의 현장이었다. "골목 끝에 간신히" 가게만을 밝힐 수 있는 작은 등불이 깜박이며 밤늦게까지 일을 하다 귀가하는 동네 길손을 기다리고 있었다. 그리고 부지런함만으로 생계를 이어가던 가게 주인 곁에서 잠들지 못하는 "사과 알들"이 불빛을 받아 더욱 빛을 내며 단내를 풍기고 있었다. 그 골목길은 개구쟁이 아이들의 웃음이 사라지고 "기억 속 풍경의 한 단면"으로만 남아 있는, 가난하지만 사람 냄새가 풋풋하던 우리네 옛 고향인지도 모른다. 그 "겨울 하늘 골목 끝" 가게에서 늦도록 꺼지지 않던 "오렌지빛", 즉 "망각의 깊이" 가라앉아 있던 "별빛"을 찾아 화자는 골목길을 다시 들어서는 것이다. ⓐ

사랑은

허순행

꽃뱀 한 마리가 몸을 풀던 밤
수를 놓던 손등에서 붉은 꽃이 피어났다

분하고(화장품) 바늘 여섯을 사서 보내네 집에 못 다녀가니
이런 민망한 일이 어디에 있을꼬 울고 가네

길은 멀어서 그대 그림자 땅위에 눕는다
허기진 발가락 사이로 붉은 바람이 지나간다
어둠을 끌어다 놓고 산등성이로 사라진 해가
버선 뒤축에 매달려 있다

　－밤마다 그리워한 죄, 봉당 위에 고여 있어요 그곳에도 달빛 환한
가요
　나무는 바람 따라 흔들리고 짐승처럼 울다가도 수절하는 과부처럼 고
요하네요 적삼 아래 편지 두 장 꽃처럼 향기롭고 저는 달빛보다 아름다
워요－ *

겨울을 건너온 바람이 마당을 한 바퀴 돈다
아이들은 머리맡에서 어지럽고
밤마다 몸을 빠져나온 발자국이 삽작문을 연다
하얗게 부서져 내리는 먼지가 허공을 걷기 시작한다

그리하여

500년을 걸어 나온 어둠이
햇빛을 꺼내 들고 식탁 앞에 앉았다

* 대전 유성구 금고동 안정 나씨 묘에서 출토된 한글 편지. 변방에 군관으로 근무
  하던 나신걸이 부인에게 보낸 것으로 가장 오래 된 한글 편지로 추정된다.

(시문학, 12월호)

부인은 "꽃뱀 한 마리가 몸을 풀던 밤"에 먼 변방에 머무는 남편
에 대한 뜨거운 그리움을 안으로 삭히며 늦도록 수를 놓는다. 밀리는 잠
을 쫓다가 깜박 조는 사이에 바늘은 손등을 찌르고 가슴깊이 숨겨둔 사
랑이 "붉은 꽃"으로 피어난다. 비록 몸은 멀리 떨어져 있으나 부인과 아
이들에 대한 그리움과 염려를 지울 수 없어 "분하고 바늘 여섯"을 동봉
하여 보내온 편지에 깃든 남편의 체온을 다시 느껴본다. 남편 대신 "그
림자"가 먼 길을 달려오느라 지쳐서 "땅위에 눕"고, 사랑에 "허기진 발
가락 사이로" 그대의 입김인 양 "붉은 바람"이 분다. 이미 산등성이로 넘
어간 지 오래인 "해가/버선 뒤축에 매달려" 젊은 아내와 아이들의 안부
를 묻고 있다. 이렇게 밤의 풍경에 등장하는 이미지들이 육화되어 부부
의 애틋한 사랑을 암시해 주고 있다. 그리고 500년 동안 무덤 속에 잠들
어 있던 어둠이 "햇빛을 꺼내 들고 식탁 앞에" 나타나 앉아서 화자에게
'요즈음 사랑법은 어떠하냐'고 묻고 있다. 역사가는 '안정 나씨 묘에서
출토된 한글편지가 가장 오래된 한글 편지'라는 사실을 기록하지만 그
행간 속에 숨은 부부의 뜨겁고 깊은 사랑을 이미지로 보여주는 것은 시
인의 몫이다. ⓐ

양배추

홍순영

꼬깃꼬깃 접힌 그녀의 내부를 들쳐본다
물에 젖어 착 달라붙은 책장을 떼어내듯
조심조심, 그녀는 상처적 체질*이다

쉽게 터져 나오는 웃음과 눈물이 두려운 자는
자신의 살과 피로 고치를 만든다
스스로 안과 밖이 되어 겹겹이 여며지던 그녀의 방

공의 내부를 채우고 있는 것이 누구의 입김인지 모르듯
점차 공을 닮아가는 그녀의 불안은 터질 듯 팽팽하다

밑둥 속에 단단히 박힌 심을 도려내자
중심을 잃은 그녀는 표지를 잃은 책처럼 너덜거린다
자신의 공허를 견딜 수 있는 건 표정을 갖지 못한 사물들뿐,
어쩔 수 없이 그녀의 창백한 내부가 드러난다

한 번도 바깥을 경험하지 못한
치밀한 고독이 환한 조명 아래 깊숙이 베인다

* 류근 시집 제목 인용.

(시에, 가을호)

사람이나 "양배추"나 모두 내부에 '빈자리'가 있으며 그것을 숨기고 중심으로 삼아 삶을 엮어 가는가 보다. '양배추', "그녀"는 "웃음과 눈물"이 쉽게 터져 나오는 "상처적 체질" 때문에 아예 "자신의 살과 피로 고치를 만든다". 즉 기쁨이나 슬픔이 모두 타자들의 자극에서 비롯되기 때문에 "스스로 안과 밖이 되어" 겹겹이 여미며 자신만의 방을 마련하고 싶은 것이다. 그 "공의 내부"를 자신의 "입김", 즉 진정한 자아의 욕망으로 채우고 "공을 닮아가는 그녀"는 혹시 외부의 침입을 받을세라 불안을 느끼기도 한다. 그런데 그것을 떠받치고 있던 "밑둥 속에 단단히 박힌 심"을 도려내자 그녀는 중심을 잃고 "창백한 내부"를 들어내며 표지가 뜯겨져서 너덜거리는 "책"이 되어버린다. 따라서 "자신의 공허"를 견디기 위해서는 아예 "표정을 갖지 못한 사물"이 되어 "치밀한 고독"을 감당해야 한다. 즉 진정한 자아의 욕망으로 참된 생명을 키워가는 자유를 누리기 위해서는 환한 조명이 비추는 "바깥을 경험하지 못한" 채 고독을 누려야 한다. (a)

위독한 연애

홍일표

붉게 달아오른 몸에서 굴러 나오는
달과 별의 동그란 생각들을 봐
그걸 혹자는 위험한 사랑으로 번역하네
혀가 꼬여 발음이 잘 되지 않지만

저녁은 언제나 죽음의 방식으로 오지
달콤한 매혹의 혀가 당신이 살아온 밤을 핥고 있을 때

차갑게 타오르는 불의 심장에 손을 넣어봐
태양을 직역하는 한 알의 사과처럼

손가락이 불붙어 타오르고
가슴에서 여러 개의 사과알이 두근거리는 동안
사과나무의 뭉툭한 발굽 밑에서
죄 없이 얼굴 붉어진 저녁이 몸을 숨기는 것 좀 봐

당신이 밤을 관통할 때 빗줄기를 따라 우는 머리카락처럼
지금은 해를 구워 토스트에 얹어먹는 캄캄한 아침

(유심, 1-2월호)

이 시의 시인은 언제부턴가 우울하고 그로테스크한 세계를 노래하는 데 앞장서고 있다. 아마도 이는 자본주의를 중심으로 하는 지금의 세계 자체가 지나칠 만큼 우울하고 그로테스크하기 때문이리라. 그런 세계를 노래하는 것은 이 시에서도 마찬가지이다. 이 시의 제목에 따르면 그런 세계는 '위독한 연애'에서 오는 듯하다. 위독한 연애? 하지만 이 시의 본문에 기대면 '위험한 사랑'에서 그것은 온다. '위험한 사랑'이란 무엇인가. 불륜을 말하는가. '위험한 사랑'에 빠지면 "붉게 달아오른 몸에서" "달과 별의 동그란 생각들"이 "굴러 나오"기 마련이다. '위험한 사랑'이 만드는 "달과 별의 동그란 생각들"은 밤의 것, 저녁의 것일 수밖에 없다. '위험한 사랑'이 그렇듯이 저녁의 것은 "죽음의 방식으로" 온다. 사랑의 방식이 죽음의 방식이 되는 까닭이 바로 여기에 있다. 죽음과 함께 할 수밖에 없는 "달콤한 매혹", 즉 '위험한 사랑'은 "살아온 밤을 핥"지 않고서는 불가능하다. 이를 자각하고 있을 때 그것은 타오르는 불은 불이되 "차갑게 타오르는 불"일 수밖에 없다. 그래도 그것의 "심장에 손을 넣"으면 "손가락이 불붙어 타오"르는 것을 알 수 있다. "가슴에서 여러 개의 사과알이 두근거리"기는 하지만 말이다. 따라서 "죄 없이 얼굴 붉어진 저녁이", 곧 '위험한 사랑'이 "몸을 숨기는" 것은 당연하다. "지금은 해를 구워 토스트에 얹어먹는 캄캄한 아침"이 아닌가, 억지로 밝은 아침을 캄캄하게 덮어 저녁을 만드는 시간이 아닌가. 시인이 생각하기에는 '위험한 사랑'이 '위독한 연애'가 되는 까닭이 바로 여기에 있다. 참된 연애가 위독해진 것이 지금의 이 세상이다. (b)

왈왈

황구하

  엄마, 엄마 이름 검색하다가 황구까지 치니까 누를 황, 입 구가 나오는데 부리가 노란 새 새끼라는 뜻이래 밥 달라고 입 쩍쩍 벌리는 아기새 말이야 어린아이 또는 미숙한 사람을 이르는 말이라네? 그 다음은 누를 황, 개 구인데 ㅋㅋㅋ 털빛 누런 개 알지? 누가 엄마를 황구, 황구 부른다며, 복날 돌아다니지 말라면서, 백구도 아니고 이그, 불쌍한 울 엄마 어? 여기 하나 더 있어 누를 황, 이건 무슨 구지? 나이가 썩 많은 늙은이래 늙은이? 음, 엄마는 공부하는 학생이니까 부리 노오란 새 새끼, 여태 논문도 못냈으니까 어린아이, 미숙한 사람 확실하네 아니다, 늙어서 다시 백발이 누렇게 된다는데 그럼, 상노인처럼 도통한다는 건가? 아이고 엄마, 황구하옵니다

(시에, 겨울호)

아이가 "엄마 이름"을 검색하다가 갖가지 답을 얻고 질문을 한다. 정보의 바다라는 인터넷은 '황구' 라는 기표가 "부리가 노란 새 새끼", "미숙한 사람", "털빛 누런 개", "나이가 썩 많은 늙은이" 등을 지시하는 의미를 갖고 있다는 것을 알려준다. 기호는 '기표'와 '기의' 그리고 '지시체' 등 세 가지 요소가 결합되어 이루어진 것이지만 그 관계는 자의적이요, 유동적이다. 그러한 기호 중에서 가장 정밀하고 정확하다는 언어기호 역시 예외는 아니기 때문에 그렇게 해학적인 언어유희가 벌어진 것이다. 아무튼 시인은 사회적 약속으로 굳어진 '황구하' 라는 이름에 들어 있는 '황구' 가 자신이 아닌 전혀 다른 대상을 의미하며 지시하고 있다는 것을 사실처럼 받아들이며 자신을 돌아본다. 아이가 벌인 언어유희 때문에 일상을 벗어나 상상의 즐거움을 맛보며 늙어서 "상노인처럼 도통한다"는 예측까지 해본다. "황구하옵니다"라는 아이의 농담은 주어진 이름에 갇혀 살던 엄마에게 더 큰 즐거움을 줄 것이다. (a)

그렇게 협소한 세상이 커튼 안에 있었다

황학주

그 순간 숨을 쉴 수 없는, 안녕
행복하게 외로웠던 순간을 중얼거리면
운명이 생각하는 시간에 대해 한번은
내기를 하고 싶어진다
그날 오래 말린 열매 속에 네가 울고 있을 것 같았고
가시나무에 여윈 등을 치대고 있는
내 기다란 그림자— 보풀이 인 채 휘청이는 것도 같았다
사막의 바깥을 보았으면 해서
우리가 커튼 안으로 들어간 것을 인생이라고 할 수 있나
시큰 시큰한 불빛을 올려놓은 책상에
많이 닦아낸 마음의 낙하
마른 나무 열매 한 알 또르륵 굴러간 것이지만
커튼 뒤에서 막 사랑을 시작하는 순간
누군가 부를 수 있다 한 사람은 밖으로 나가야 하는

(창작과비평, 가을호)

황학주의 시에는 매력적인 개인적 상징들이 넘친다. 타인들은 다만 분위기와 느낌만으로 알 수 있는 세계. 그러나 아련하면서 아름다운 또 하나의 세계. 이 시의 화자는 어떤 사랑을 시작하려 한다. "운명이 생각하는 시간에 대해 한번은/내기를 하고 싶어진다"면 이 사랑은 쉬운 사랑은 아닐 것이다. "오래 말린 열매 속에" 울고 있을 너와 "가시나무에 여윈 등을 치대고 있는" 나의 사랑은 여리고 아플 것이다. 그들이 꿈꾸는 사랑은 커튼의 안쪽에서 이루어질 수 있는 것이다. 밖으로 드러낼 수 없는, 그렇지만 "사막의 바깥"처럼 낯설고 설레는. 이 시인이 마음을 표현하는 방식은 섬세하고 은근하기 그지없다. 힘겹고 위태로운 모습은 "내 기다란 그림자"가 "보풀이 인 채 휘청이는 것도 같았다"고 하고, 오랜 망설임이 시작되는 순간은 "마른 나무 열매 한 알 또르륵 굴러간 것"이라고 한다. 희미하고 소소한 사물의 기척에 섬세한 숨결을 불어넣으면서 한없이 정교한 사랑의 무늬를 새긴다. (d)

감나무 전구

황형철

주인은 온데간데없고
감나무에 까치만 요란하다
마루에 앉아 차를 우리는 동안
왕왕,
오토바이와 경운기가 툴툴거리며
뽀로통 돌담을 돌아가고
이웃집 처마 끝에 해가 걸렸다
찔끔찔끔 이 감, 저 감
콕콕 쪼아대던 까치가
배를 불려 날아가고
입술을 뜯긴 감의 얼굴이 붉어졌다
오촉짜리 전구 여남 개
마당이 촉촉하다

(시를 사랑하는 사람들, 11−12월)

까치감을 남겨놓는 우리의 오랜 풍습처럼 따뜻한 시이다. 아직
도 시골 마을에서는 익숙하게 볼 수 있는 풍경이다. 마당의 감나무에
여남은 개 남겨놓은 감을 까치가 와서 한참 쪼아 먹는다. 주인은 온데
간데없는 집에 앉아 차를 우리는 객이나 감을 쪼아 먹는 까치나 모두
편안하고 넉살 좋다. 돌담으로 오토바이와 경운기가 돌아다니는 전형
적인 농촌이고, 아직까지 인심이 살아 있는 동네이다. 해가 뉘엿뉘엿
하도록 배 불리 감을 쪼아 먹던 까치가 어디론가 날아가고 "입술을 뜯
긴 감의 얼굴이 붉어졌다". 마당은 감의 붉은 얼굴로 오촉 전구를 켜놓
은 듯 환하다. 평화롭고 따뜻한 기운이 넘친다. 멀쩡한 나무에 억지로
전구를 감아 전기고문을 하는 도시의 풍경과는 여러모로 대조를 이룬
다. 급속도로 사라져가고 있지만 되돌아보면 언제라도 가슴 한구석에
환한 불을 켜주는 정감이 가득한 시이다. (d)

2013 오늘의 좋은 시

인쇄 2013년 2월 20일 | 발행 2013년 2월 25일

엮은이 · 김석환 · 이은봉 · 맹문재 · 이혜원
펴낸이 · 한봉숙
펴낸곳 · 푸른사상사
주간 · 맹문재 | 편집 · 지순이 | 교정 · 김소영, 김재호

등록　　제2-2876호
주소　　서울시 중구 충무로 29(초동) 아시아미디어타워 502호
대표전화　02) 2268-8706(7) | 팩시밀리　02) 2268-8708
이메일　prun21c@yahoo.co.kr / prun21c@hanmail.net
홈페이지　www.prun21c.com

ⓒ 김석환 · 이은봉 · 맹문재 · 이혜원, 2013

ISBN 978-89-5640-979-5 03810
　값 13,000원

☞ 저자와의 합의에 의해 인지는 생략합니다.
　　이 책의 전부 또는 일부 내용을 재사용하려면 사전에 저작권자와 푸른사상사의
　　서면에 의한 동의를 받아야 합니다.
　　e-CIP 홈페이지(http://www.nl.go.kr/cip.php)에서 이용하실 수 있습니다.
　　(CIP제어번호 : CIP2013000612)